BEAUTY IN THE BROKEN PLACES

另一片四叶草

一部关于爱、信念和抗逆力的回忆录

A Memoir of Love, Faith, and Resilience

ALLISON PATAKI

[美] 艾莉森·帕塔基 著　陆 妍 译

西南大学出版社
SWUP 国家一级出版社 全国百佳图书出版单位

献给路易莎与纳尔逊，
我们这段人生历程的领路人

也献给莉莉，
给予我们前进的希望

我们必不能停止探索
而一切探索的终点
都将是重回起点
并仿若初见

——[英] T.S. 艾略特

生活总让我们遍体鳞伤
而后来
所受之伤只会让我们变得更坚强

——[美] 欧内斯特·海明威

祸福与共

在圣坛前宣誓时，我们常脱口而出或常听到“祸福与共”这句话。此刻，我们多数人都不会思索太多——家人、朋友簇拥着，爱意萦绕着，何必往坏处想呢？

当艾莉森·帕塔基和丈夫大卫·列维系上安全带，准备飞往夏威夷度过“好孕蜜月”时光时，怎么也预想不到，就在几小时后此航班将不得不紧急迫降在北达科他州的城市法戈（Fargo）。性格外向、体格健壮，正值而立之年的大卫，居然即将遭遇罕见而几近致命的——中风！

列维一家的旅行计划，就这样宣告破产了。生活出其不意地给了他们一记重拳！他们原想在小生命到来、生活模式改变之前尽情欢庆仅存的二人时光。可现在，怀胎五月的艾莉森，却只能坐在医院病房里，望着与死神对峙的丈夫。她手里攥着一只丈夫穿过的、已经没有了体温的冰冷鞋子。

有位朋友曾言，生活之错综复杂并非止于圣坛，而恰恰相反：大多数时候，正是从那一刻开启的。听着有些骇人，但从我有限的人生经验来看，这真是句大实话。而这些，是我们站在圣坛前睁大双眼、一脸天真地宣誓要与另一个人祸福与共时无法了解的。在那刻，我们只觉得将会一起迎来信马由缰的自由，携手打造新生活，共同描绘五彩斑斓的未来。

但未来还有别的“惊喜重重”，确切地说，喜忧参半。生活从来都不是直线向前的，它时不时地提醒着我们，剧本可不是由自己编写的；与此同时，即使当我们感到未知、惧怕和心伤之时，美好也从未因此消解。

我比艾莉森大 20 多岁，第一次遇见她是在我从美国广播公司新闻网洗手间走出来时（真事）。我顷刻感觉俩人有默契。她看上去满是活力，天生乐观、神采奕奕，很聪明，富有同理心。这样的性格，能让你挥去一天的阴霾。后来感情深了，我们发现彼此有许多共同点——她的童年也在奥尔巴尼度过，我们都会去阿迪朗达克山脉度夏（那时她还曾来过我们小小的湖边社区）；还有，我们都是职业作家；她曾在美国广播公司新闻网工作，而我丈夫鲍勃·伍德拉夫是那里的一名记者。

初次见面后，艾莉森就离开新闻行业，出版了她的第一本小说。我们成了邮件往来的好友，偶尔打个电话聊聊天，抱怨两句书怎么还不出版（主要是我在抱怨，她仍在奋笔疾书）。在她的新书《意外的皇后》发布会上，艾莉森、鲍勃和我三人有一张完美的合影。她身着一袭礼服，容光焕发，那时候我们才知道她怀孕了。

我颇自豪地认为，艾莉[①]和大卫就像年轻时的我和鲍勃，彼此相爱、热爱冒险、支持对方的事业。很长一段时间，他们都保持着这样的状态。艾莉和我一样，热衷文字和写作，但身为社会性动物，我们也需要和朋友相处，汲取些养分。我们俩都高度独立，与各自丈夫职业的高强度、不定时性无缝对接。和我们一样，他们也决心组建小家庭。所以，得知艾莉怀孕，我高兴坏了，期待见证这对夫妻体验生活最真实的一个馈赠。

谁承想，我竟收到艾莉森发来的邮件，说大卫中风了，两人正在芝加哥一家康复医院，一时间既震惊又难以置信。前途凶险，

① 艾莉是对艾莉森的昵称。

我无法将之联系到我认识的任何人身上。对敌人也不忍如此诅咒，何况一对即将为人父母的年轻夫妇。我俩都未曾逃离厄运，上苍不公，丈夫都在黄金时期遭遇滑铁卢——大卫的变故发生在即将结束住院医师培训前夕，而鲍勃离新闻主播的优厚待遇也仅一步之遥。多年前得知消息的那天，我正在水槽边洗碗——自从鲍勃受伤，我原先的生活就被颠覆了，好不容易才渐渐脱离看护者的角色——艾莉森和我都未曾料想，她会加入我这个群体。我曾称之为“厄运部落”，谁都不想牵涉进来。委实为他俩感到痛心。

我太了解由此而来的伤痛了。因此，很担忧大卫如何康复，以及他们夫妻俩未来的生活。孩子以后能了解父亲是怎样的人吗？悲剧降临在我们头上时，鲍勃和我已有了 18 年的婚姻基础，4 个子女，我已积蓄了强大的能量去承受一个人的落寞和悲伤。我不禁思虑他们未来的人生道路。从数据上看，我丈夫的康复是创伤性脑损伤领域罕见的，堪称奇迹。而即便伴随着如此惊人的康复和成功，我们的关系依然悬于一线，我需要时不时地厘清头绪。就像艾莉描述的那样，康复之途仿佛坐过山车，刺激又煎熬得很。

创伤性脑损伤可能是降临于爱人最残忍的悲剧之一。当然，世间还有死亡、癌症、失智症、肌萎缩性脊髓侧索硬化症等，这一大串名词不经意间将我们所爱之人卷入其中。而脑损伤，发生在瞬息之间，如此轻易却永久地改变和颠覆我们的生活、感情、婚姻，对我们来说才最为致命。事前事后也就一顷刻光景，令人惊愕无措。和艾莉森一样，天旋地转之下，我花了几个星期、几个月的时间，才开始接受丈夫遭遇路边炸弹袭击的事实。当初嫁给战地记者，风险随之而来，我心知肚明。但是，可能性和事实之间还是有天差地别的啊！2003 年伊拉克战争时期，鲍勃随美国海军陆战队奔赴前线。整整十年，他坚持战地报道。我思忖过他可能会殉职，却从未料想他身陷残疾，更何况发生在他当时的年纪，在我们迈向人生巅峰的时候。我简直是个傻瓜。

而 3 年后，正当同事朋友们送来香槟，将之端放于客厅餐桌，准备一起庆祝鲍勃荣升为美国广播电台《今晚世界新闻》栏目主播的时候，我的丈夫，鲍勃，却陷入了药物导致的昏迷之中，徘徊在生死一线间。还记得那天早晨，他吻别我，说要去中东出趟短差。几天后，我却被告知，他可能挺不过去了，直升机会将他从巴格达接回国。和艾莉森一样，我那时也拼命地想搞懂，为什么我们的世界会遭到如此迅猛、彻底的暴击，被砸得粉碎？！

为何说创伤性脑损伤是一场灾难？因为当伤者是你的丈夫，你尤其会感到心碎，各种复杂的情绪纠结在一起，悲伤、感恩、还有那该死的未知。没人告诉你他康复的明确概率，也没有常理能让你推断他的病情发展，更没人能告诉你，你所爱的那个人到底能不能痊愈,或者原先的那个“他”能回来几分。最初的一年，我躺在熟睡的丈夫身侧，终于理解，即便在最爱的人身边，还是会感到彻骨的孤独。他在，亦可谓不在;身形虽在，思想却不在。就好比他是个引擎，有人偷偷地潜入内核，在线路上闹了场恶作剧。

“大卫的独一无二”就此消失不见了，艾莉森在书中言之凿凿。爱在心间，便会为无形之物感伤。伴侣间最初的默契难以言传，比如说,“与音乐品位相调和的幽默感”，或者“初次约会的那个周末，电影里有个桥段特别好笑”。这些共同的过往，让伴侣们的心贴得更近，记忆就像奥利奥两块饼干中间的那层夹心。

而哀伤，凌驾于一切。五味杂陈、心怀内疚、诉无可诉。伴随着这哀伤，你被不由分说地推向一个陌生的、不愿去的方向。可是，因为你的丈夫活着，他有幸存活下来，所以你无权表现出最自然的人类反应：平静地哀悼梦想之破灭，安详地抚慰内心之创伤。你不能这么说，这太自私了。他没有离你而去，这还不够吗？难道不该觉得幸运吗？全世界只有你感到悲恸吗？可是，那唯你能捕捉到的撕裂声呢？那是你心碎的声音。

或许难以理解，但我有时候真的忍不住想，假如鲍勃在战地殉职，是否反而会更好些。痛失爱侣，跌落谷底，而后不得不站起身，拾阶而上。万一鲍勃永不再康复怎么办？万一他永远停留在孩童的认知水平怎么办？万一你的婚姻就像卡在半途的齿轮，前行无法，后退不得怎么办？这些思虑让我惊惧，虽然我努力让自己心怀希望，活好当下。

《另一片四叶草》讲出了我（和很多人）在未曾预料的旅程中诸多的相同感受和经历。艾莉森描述了在悲剧发生过后，点滴的日常也能击垮她的内心的状况。我非常能理解她，从医院窗户向外看见澄澈的蓝天，惊诧于地球居然照常运转。我记得自己充满艳羡地看着人们一头扎进生活，毫无头绪地忙活各种琐事，或埋头工作，或看孩子踢球，或采购日用品。哦，都是些我们曾经以为理所当然的事！

接下来刺痛我们的，就是那些提醒我们“今非昔比”的一事一物。于我，是厨房那件用来御寒的深蓝色毛衣。鲍勃受伤后，我第一次走进厨房，瞥见它随意耷拉在椅背上——那时候，我们的生活都还好好的。我止不住泪崩，一把将它扔进壁橱里。对艾莉森来说，是那个装满夏天的衣服、准备带去夏威夷度假的行李箱。她毫无打开它的勇气，更不能听到电话里大卫设置的语音回复。

和艾莉森一样，以前我也没意识到。别人身处危机时，我喜欢用一些陈词滥调安慰他们："你内心是很强大的"，"上帝不会让你承载无法忍受的重负"，还有（我最喜欢的一句），"任何事情的发生都是有意义的"。这些"想法和祈祷"（我开始这么认为）令人感到阵阵疼痛，就好像被纸张划伤一千次。当然，我不认为表达慰问有何不妥，但有些话听着像怜悯别人。我很感激人们共情，当他们说这一切"糟透了"或"不公平"。而有些人，你能感觉到，他们几乎相信厄运是"轮到"你头上的。于是他们不禁感激命运，灾难越过他们降临在别人身上。此等情况下，我们会觉得自己就像马戏团怪人，还如何能积极乐观、敞开心扉、拥抱希望或者相信奇迹的存在呢？

遭此境遇，你更能看清自己，也更了解朋友。有时，出手相助的人让你感到意外。悲剧似一面镜子，映照着他人皆可遭遇的不测。鲜少有人能应时出现，一次次推开那扇门，走进你的内心世界。

艾莉森在书中对我不吝溢美之词，我很荣幸能够对她说我的"经验之谈"，早她几年经历这些事，以过来人的身份开导她，让她相信，她不仅活得下去，最终也会活得很好。其实，阳光照进回忆，全凭他们自身的勇气、胆略和坚毅。这一切，最终救赎了她和大卫。他们的故事证明，奋力求生是人类的一种本能，即便从今往后，一朝一夕可能不再如原先那般美好。

身为作家，艾莉森依靠文字厘清现状。这一内心需求是她的寄托，而本书所录也给了我们一份礼物。大约十年前，我和她一样，也在医院里开始了写作。世界猛然间天翻地覆，写作是我建立内心秩序的唯一方式。我需要写作，铭记我和鲍勃共同创造的生活，为我们的家庭镌刻下点滴过往，如若他就这样永远地离开了我呢！之所以写作，还因为它给我希望，提醒我那些鲍勃非得活下去的诸多理由，以及，还有那么多人爱着我们。

艾莉森的丈夫在医院昏迷，她写道："亲爱的大卫……我爱你……想念你……希望我们永远记得自己有多幸运。"刚读到这些文字，我禁不住惊诧、屏息，她竟能够专注于天赐福祉与彼此的爱！这就好比播下了种子，磨炼她的韧性与抗逆力。而大卫也以惊人的毅力对抗每日康复训练的艰辛。正因此，他俩被拴在一起，这才是伴侣——才是一家人。

同时，我很欣赏艾莉森开诚布公地表达对信念的看法：当你一无所有，众人的祈祷和祝愿将编织一床锦被，包裹住你。信念是有力的武器：12 年来我无数次出入医院，目睹医护人员步履匆忙，孩子们在运动中头部受伤或脑震荡，大人们从车祸受伤中恢复，婴孩们被悉心照料……可以这么说：有信念的人，前路会走得更顺畅。信念的作用有些类似蹦床，未必总把我们弹得更高，可至少能阻止摔得更惨。因为信念，我们相信奇迹的存在。而谁不希望奇迹发生？即便艾莉森和大卫，他们靠着爱、信仰、希望和亲人朋友的真诚扶持走下去，前路依然千难万阻。而这条路或许没有尽头。

但我必须先声明，这不是个悲伤的故事。它不是为了讲述最凄惨的境况，或者描绘奇迹，尽管透过这些文字，你会感觉奇迹在发生。这是关于婚姻的故事，关于婚姻中的“祸福与共”，关于陷入爱河，执子之手、同行一生，从此相信你将与这个人步伐一致、紧紧相随，成为一体、渐渐老去，最后有幸无疾而终。

可事实是，所有人都会遭遇不幸，都会面临挑战。悲剧与失去是天然的同盟，更可怕的是，它们对所有人一视同仁，必然在劫难逃。我们别无选择，或早或晚终将加入这可怕的阵营。或许你不愿去想，但生活总要我们遭遇挣扎，承受失望，最终失去我们所爱之人。

到后来，哪种厄运已不再重要。重要的是你选择如何应对，如何不让厄运左右。如果我们能像艾莉森和大卫那样，坚持爱、拥抱希望、虔心祈祷、执着自愈，靠写作熬过最艰难的日子，我们就实实在在地赢了！

而这，就是你手捧着的故事，精致而真实。它时而凌乱、诚恳，时而发人深省、引人忧惧，同时又不失欢愉。这是一部直面人生沧桑沉浮的真实剧本。艾莉森的故事提醒和教会我们，爱、希望、友谊、亲情、信仰、感恩，甚至良好的幽默感，都是抚平创伤的核心要素。

读了这些文字，你会想走进孩子们安睡的房间，听他们静静呼吸的声音。你可能想扭过头亲吻你的爱人，或出其不意地向他/她表达你的爱。给朋友一个更久的拥抱吧，和女朋友散个步吧，给那场念叨了很久的高尔夫球赛订下时间吧，给孙儿再讲一个故事吧。它就是这样的一本书，提醒我们放慢脚步，关注日常生活的点滴好运和福祉，不要在忙忙碌碌中把一切想成理所当然。

是的，美好无处不在——美好，甚至也栖身于破碎凋零之中。

李·伍德拉夫

我们生存的立足点，
除了不断消逝的“现时”之外，别无其他。

——[德]叔本华

缘起

那刻来临时，我意识到，一切已无力辩驳：我的丈夫，在未来的日子里，将丧失记忆能力；同时，他也将丢失回忆——我们共同创造的回忆。

于是，我做了一个决定，开始给他写信。

从那场险些致命的中风中苏醒，年仅 30 岁的大卫，仍是一副俊美的面容，有着健硕的身材，看不出与往日有任何差别。然而，他已承载不了哪怕是一个小时的记忆量，更不消说回忆起前一天发生的事。

当他睁开双眸，曾经深深吸引我的一对碧眼，凝望着我，却叫人惊恐又陌生：那眼中，唯有空洞。不，那怎可能是大卫的眼睛？那并非我所熟悉的双眼，透过眼神就能读懂他的心意——那些深切的感受，涌动的爱意，飞速运转的思绪，经年累月的回忆，以及对当下的诸多希冀与对未来的曼妙憧憬。不，那空洞的双眸，不过佐证了他惨淡的虚无和乏竭的思想。我丈夫的整个精神世界，被清空了。

于是，我想为他写点什么。打开电脑，开始码字，文档名存为“亲爱的大卫 .doc”，这是第一封信的开头。

亲爱的大卫，今晚在飞机上，你扭头对我说，右眼看不见了。

写出来挺残忍的，但冥冥之中，我似乎觉得不得不写。把一切诉诸笔端，哪天我的大卫回来了，便可以读这些信。大卫留不住的记忆，我来帮他留。这样，他将知道自己经历了什么，我们经历了什么。希望，我们一起被治愈。

2015年6月9日

亲爱的大卫：

今晚在飞机上，你扭头对我说，右眼看不见了。你的瞳孔扩大了。

坐上出租车，我就一直陷入沉思。其实，我当时在想的是你，想着我有多爱你，和你在一起有多幸运。我们拥有着彼此，携手度过了那么多美好而充实的日子。我们一起等待即将来临的小生命，有多幸福。

这就是在出租车上，我所想的。

现在，我还是庆幸遇见了你。但是我想说抱歉，在你中风后我才体会到这些。飞机上，我攥着你的一只鞋子，鞋上尚留存着来自你体内血液的微温。当时，我脑中闪过的念头是，鞋子一旦凉了，可能我再也无法从任何一件衣物中感受到大卫的体温。

第1章

“飞机上有医务人员吗？”

我想任何一位年轻医生听到这话，多少都有些惶恐。35000英尺[①]的高空，没有任何医疗设备或仪器，没有同事可以商讨，这声询问该有多吓人。问题一经抛出，给且仅给出一半信息：知道为何被召唤，却不晓得将面对什么状况。万一你是喉科专家却要给早产儿接生，或明明是皮肤科医生，却要应对性命攸关的心脏病突发，那得怎么办？

① 1英尺=12英寸=30.48厘米。——编者注

6 月 9 日，我和大卫准备搭乘飞往西雅图的航班时，压根儿未考虑这些。时值初夏，日色正浓，我深感六月是芝加哥最好的时节。漫长严酷的寒冬径直侵入五月，似一名不速之客，阴沉着脸，待到终于离开，整座城市和生活在其中的人们才恢复生气。

那是一个理想的夏日，天空晴澈，阳光倾洒而下。体感舒适，人们大都忍不住推开房门，心情瞬间大好。大卫和我自然也不例外。我们轻快地上了出租车，开往奥黑尔机场。

高峰期道路拥堵，司机龟速前行。我瞥了眼手机，爸妈回邮件了，先前我们讲了这次的行程和酒店。大卫也给他妈妈发了张我的侧影，背景是芝加哥河，隆起的弧形腹部是那么显眼，显示出宝宝弓起的后背轮廓。每周，我们都在手机 App 上记录宝宝的成长，大卫发图还配了文字 :“5 个月，就像一只小木瓜！”他妈妈也回信了 :“这是我见过最可爱的小木瓜。享受旅行，好好休息和放松吧，这是你们应得的。”

大卫笑着合上手机。这话我俩很认同，最近都筋疲力尽，渴望能单独相处几天。我刚大幅修订完一本新小说，脑力、体力直逼极限。大卫是拉什大学整形外科的住院医师，如今已是第三个年头。几个月来，他过得异常艰辛，刚刚轮转到一个自主研究团队，手头捏着不少于 24 份各类医学论文。历经这么多年医学训练，工作节奏快得依然令人无法想象——他每晚睡眠几乎都不足 4 小时。

出租车里我们并肩而坐，此去几日，可以充分休憩、松弛神经、陪伴彼此。我看了一眼身旁的丈夫，独自想着，我真够幸运的。鲜少有那样的时刻，你可以跳出来，以旁观者的角度看待当下；而我当时想的是：我太幸运了。虽未说出口，但我清晰记得当时的感怀。望着大卫，我脑中划过了 11 年共处的时光——大学时萌生爱情，毕业后同在纽约打拼，彼此感情几乎从未遭受考验。而后，一起经历了些磨砺：考医学院、步入婚姻、成为住院医师、亲密之人遭遇病痛、屡屡搬迁、救助流浪狗，这都是我们一起织就的人生锦图；而现在，一个孩子即将到来，延续大卫和我的生命。我对大卫的爱，比起大学时期丝毫未减，只是那种爱变得不一样了，内涵更丰富，或者简单说，变得更好、更强了，因为它经受了裂痕、历练、巩固，我们用多年来的友谊、理解和结伴的生命丰满了它。

这不是什么“回首一切皆美好”的观照——我清楚记得这些思绪，正如我清晰记得那辆出租车、高峰拥堵的道路和阳光簌簌的六月天。前往机场的路上，我在车里凝望他，那场景历历在目。我心想：这辈子遇见大卫，我可真幸运。

我们同时选择了高强度、高投入的职业，无奈挤占了共处时光，却也觉得要做好准备共同奔赴下一个激动人心的人生新阶段。历经十余年的医学培训后，大卫即将成为资深住院医师。在底层超负荷工作多年，终于要有收获了，这是对他高强度工作、割舍忍让和重度缺眠的嘉奖。年届而立，他把三分之一生命献给了这个目标，全心投入医学培训，终于临近终点线了。

而我，也觉得职业生涯开始呈现上升势头。接连两年，我的两本著作尽管创作艰难，总算顺利问世；而目前这本，是我期望最高、倾注最多激情的作品。放弃稳定的新闻行业工作，追寻写小说的梦想，自然是有风险的。我付出了很多努力，在转行写作的过程中，虽然未来不可期，却也满心期待。

而所有之中最美好的，是大卫和我即将为人父母了。结婚之初，我们决定缓两年再组建小家庭，因为他的医学培训需要耗费巨大精力（更何况天天忙得见不了面，根本也不具备前提）。可是看看现在，我们终于准备好了。不远的未来，我们会升级为父母——一周前，我们得知是个女儿——而这将是我们人生中最重要的一段旅程。

“按时登机了，真等不及到西雅图和你们团聚！”从芝加哥起飞前，大卫给长兄斯科特发了这条信息。去夏威夷度“好孕蜜月”的途中，我们计划在西雅图停留三天，探望大卫的住在那儿的两个哥哥。这可是生平头一次，我们甚至打算一晚上沿太平洋岸北上温哥华。

一切画面都再清晰不过：高峰期的拥堵路况，机场安检时不算长的队伍，我们竟然还得空到红辣椒餐厅用了顿简餐。等餐时，我奔过航站楼，跑到哈德逊书店买了几本书，想到假期里会有好多时间可以在海滩上优哉地翻书，心下很是欢喜。

一切寻常至斯，却是我们此生最后一个寻常日子。我们聊到有一个奥运会运动员布鲁斯·詹纳给自己改名为凯特琳，以女性身份重新进入公众视野。我们聊到工作和家庭，还有大卫最喜欢的芝加哥黑鹰队打进斯坦利杯决赛，决赛开始时我们应该已身在夏威夷。我们翻看大卫手机里最近拍的爱犬照片，它是一只杂种小母狗，出门前我们把它交给朋友照料，但一转身就开始想念它了。

登机后，大卫把两个箱子搁到头顶行李架上。我们选了靠近机尾的座位。怀孕 5 个月，总是犯困，一起飞我就睡着了。身为住院医师的大卫，也和我一样，睡眠匮乏。多年前他就意识到，身为医学生，但凡有机会，就得抓紧补觉。但那晚，出于某种原因，他决定撑着不睡，把研究课题做完。那时候我们根本不知道他的身体状况发生了什么变化，或者说，他睡或不睡可能意味着生死差别。飞机升空，离开芝加哥，我还一无所知，迷迷糊糊地睡去。孕期荷尔蒙，仿佛将把我带入一场甜梦中。

醒来发现，大卫用肘轻推着我。“怎么了？”我转向他，昏昏沉沉地，不晓得睡了多久。他的笔记本电脑开着，搁在面前的小桌板上。窗外，夕阳眼看要沉落地平线下。

大卫声音很轻，却有一丝怪异——一种不寻常的、有些不舒适的急迫感，他问："我右眼看着有什么不对吗？"

我心下一紧，确实，他右眼有些奇怪。瞳孔离奇放大，又大又黑，几乎看不出虹膜原本的绿色。但最诡异的是不对称，只有右眼放大，左眼看上去一切正常。

"右眼什么都看不见了。"大卫眨了眨眼，无力地环视舱内。

我坐得直些，残留的睡意一瞬全无。"遮光板打开，看看光亮能不能让瞳孔缩小。"

大卫打开遮光板，从三万英尺高空看向逐渐降临的夜幕，不住地眨眼。窗外，初夏最后一缕光穿透一层低云。大卫回转身，摇了摇头："什么也看不见。"

绷紧的神经下，我提出了一个所能想到最可怕、最夸张的可能性。试探最糟的情形，把我最深的恐惧抛出，这样大卫就会反驳一句"不，那太可笑了"，再付之一笑。我问："大卫，是中风吗？"

"有可能。"他说，声音低得让我恐慌。

我能感觉心沉了下去。大卫从不危言耸听；我才是那个忧天的杞人，认定腺体肿胀就是癌症、持续咳嗽就是肺炎。大卫从不为这些事惊慌失措。其实，我有时挺沮丧的，特别是当我确认身体出现奇怪症状，也很难让他忧虑起来。（几年前，我准确诊断出自己得了疝气，于是好长一段时间对医学判断颇为自信。）大卫几乎不当回事。我猜，当一个人见惯了枪林弹雨和车祸现场，便不再为小事烦忧了。

但是，现在连大卫也明确表示不妙了。意识到这点时——那就太可怕了。

“我去找人帮忙，很快回来。”我迅速起身，朝着机尾，冲向一位可信的阿拉斯加航空乘务员。“你必须赶快广播——我们需要一位专业医务人员。我的丈夫看不见东西了，他右眼瞳孔很诡异地放大。”

这位空姐个子小小的，整洁的金发、宽阔的面庞，透着善意。她见我一脸忧虑，也瞬间神色紧张 :“亲爱的，你座位号多少？”我一告诉她，她就拿起电话在机舱内广播，询问有没有医务人员可以到我们座位上看看大卫。

结果，我们身后就坐着一位护士，她立刻去我们那排，并跟大卫说话。我回到座位，正好看见她在询问大卫 :“闭上左眼，只用右眼看。现在，这是几个手指？”

“我不知道。”大卫回答，声音空洞、不自然地低沉。然后，他闭上了眼睛。就这么睡着了，毫无仪式感，也没有任何预兆。就这么，他陷入了昏迷。当时我还不知道，大卫需要那么长的时间才得以回来。

第2章

2003年9月，康涅狄格州，纽黑文市

准确地说，我俩不是一见钟情。其实，刚开始，我对大卫·列维有点误会。

初次见面是初秋，刚进大学的时候。我们都在“耶鲁新生营”，那是正式上课前一段令人兴奋又精彩有趣的时光。所有大一新生都贴着名牌，睁大双眼，闹哄哄地跑来跑去，认真选课，熟悉每栋楼的名字。最初几周，大家的交往都是努力寻找共同点，互相试探提问，并据此推测，靠着这些初始的微弱联系，能否发展出一段真正的友谊。

哦，你是从安纳波利斯来的？我室友是巴尔的摩人！你们认识吗？

哦，你对古希腊的哲学感兴趣？我很喜欢看《我盛大的希腊婚礼》！

哦，你加入了曲棍球队？我正在认真考虑校内极限飞盘社团。

诸如此类。

一个周四的晚上，我们一大群人聚会，约在一个名叫“旧日蓝”的经典校园酒吧。酒吧位于纽黑文酒店大堂内，铺着绿色的地毯，中间一个庞大的木制吧台，以金色的摆件点缀。我们都是新生，那时才 18 岁，照规矩不能从大门进去。于是，我们悄悄穿过附近的小巷，越过铁丝网围栏，从酒店后门进入。接着，我们又谨慎地等了一会儿（藏在酒店大堂洗手间里），方才蹑手蹑脚穿过大堂，潜入酒吧，希望不被另一头的门卫瞧见。这事不一定能成；周四晚上来“旧日蓝”，一向颇为冒险。不过，这些探险和顽劣带来的刺激，以及可能成功的满足感，使得整件事充满乐趣。

那晚，我们就成功了，我和朋友玛丽亚晕乎乎地进入酒吧。很快，玛丽亚就和一个陌生男子亲密地攀谈起来。玛丽亚是女子长曲棍球队的，随即我就发现，这个大卫，效力于男子长曲棍球队。这俩人已经有了共同的朋友和经历。

我站在那里，因为没啥运动细胞，显得和场面格格不入。我打量着大卫，身形匀称矫健、妙语连珠、不时被逗乐。他饶有兴致地与玛丽亚友好交谈，明显对我没啥兴趣。突然，他转问我："你在哪儿上大学？"

我一言不发盯着他，很是吃惊。我和他上的是同一所大学啊。我们所处的这家酒吧难道不就在校园内吗！这家酒吧"旧日蓝"不就是因耶鲁而命名的吗！我没听错吧？

这人到底是谁啊？那时候，我记得学校里惯称他们为"呆瓜"，此人应该也是华而不实的兄弟会成员。你看，大卫的健硕身材看上去很像中西部人，笑声洪亮而极具感染力，而且身边总围着一群爱开玩笑、自命不凡、吵吵嚷嚷的大男子主义者。我呢，也是性格外向，爱和陌生人交谈，不分男女，尤其是刚上大学那会儿，很乐意交朋友。所以，在酒吧里，我本想和大卫·列维好好聊天，他却对我不理不睬，大概是他觉得自己太酷了吧。我从未想过，像大卫·列维这样一个看上去特别爱社交、随时呼朋唤友的男生，之所以忽视我，表现得似乎冷漠、不在乎，其实是因为他有些害羞。

直到第二年，我们才再次发生交集。大二秋季学期，我们都选了"艺术和建筑史"课，教这门课的是我尤其喜欢的艺术史学家文森特·斯库利教授。这是斯库利教授执教近半个世纪以来，最后一年教这门课，所以，原本就很受欢迎的课程瞬间爆满。偌大的讲堂里浩浩荡荡挤了数百个学生，而我居然和大卫·列维坐在一块儿。

学期伊始，我们有项作业是分析一件家具，具体地说，是一个大型木制雕饰衣柜，并就此写篇文章。大卫和我有一些共同的朋友，所以我们周日下午同去了艺术博物馆研究这个衣柜。大卫站在那里，一脸严肃地做着笔记，接着，他用“赫然耸现”来描述这个衣橱。我转向他，侧着脑袋，心想：好词。

听上去有点傻，不过，正是在那一刻我意识到两件事。第一，大卫很聪明；他不是那种四肢发达、只关心球队、学习不上心的人。第二，我对他的评价是不公允的，甚至完全是错误的。

大卫的头脑——不光头脑，还有好奇心——让我颇感意外。我是个好奇心无限的人，我最欣赏的人也是如此。好奇心是我最抗拒不了的特质，因为好奇心旺盛就意味着：持续不断学习，随时随地发问，以及必然不会感到无聊或悲观。

那年秋天，我们聊得越多，我越能了解到大卫的好奇心、他的有趣、他不断上进的决心。没错，大卫是个很有意思的人。有天晚上，我们在学校的纽黑文保龄球馆聚会，结束后，有人说大卫长得很像奥运会体操运动员保罗·哈姆。突然，大卫在草坪上即兴表演起了一串侧手翻；演出最后，他以跳水姿势一头扎进旁边的吊床里。每当回想那晚，耳畔总能想起大半夜我们连绵不绝的笑声。那时的大卫仿佛周身散发着光，而我，迫切地想要接近那份愉悦。

而大卫远不止有趣这么简单。我格外惊喜地发现，大卫是医学预科生。我的两个室友都上医学预科班，我知道她们有多努力、课程有多繁重。大卫耸耸肩，说选择物理和化学，对他来说是不假思索的。我知道他还喜欢历史，因为我们一起修习艺术史课程。后来，我又发现他选了一门约翰·弥尔顿的高阶课——这门课，身为英专学生的我，都避之唯恐不及。这个男孩儿是有深度的；大卫·列维绝非我原先设想的那种自以为是、爱喝酒的运动员而已。

几周后，为筹备期中考试，我们艺术史课的一些同学需要集体自习。缘由是，斯库利教授的行事风格非常老派，他把所有绘画和结构图打印出来，贴在校园里某教学楼的墙面上；而不是把它们转为电子文件，方便学生在寝室自习。所以，唯一的学习方式，就是走进这栋楼，站在墙边，尽力记忆每个图像。整个过程都需要集体行动，形式非常老派；而你可以想象，那个礼拜，每晚都能见到大卫站在墙边，我心里有多高兴。

我不希望自己显得太急切，便专注于寺庙、教堂、雕像的草图，认真做笔记，尝试记忆不计其数的日期。不过，我的目光会自然地流转一番，确认大卫是否坐在附近。备考阶段变得格外令人兴奋，而这一切与寺庙或雕像毫无关联。

那周最后一晚，我看到大卫站在人群中，面前是一组中世纪教堂图像。有人在如何区分罗马式和哥特式教堂的问题上被难住了，大卫应声解释，根据采光和高度就可辨别，罗马式在前、哥特式在后。他飞快地说出几个关键时间、地点，标志着两种建筑风格的更迭。大家都看着他，一个同学轻声细语："哇，这家伙好聪明。"对，我猜他真的很聪明。

周五，期中考试一过，一群人就聚在我们共同的朋友彼得的寝室。我们玩扑克、喝啤酒，庆祝考试终于结束了。大卫周日有场长曲棍球训练赛，48 小时内禁饮酒，不能破例。不过，他还是和大家待了几个小时，欢声笑语，玩闹嬉戏。散场后，他提议送我回寝室。这下我可没有装酷，欣然接受了，还有随之而来的晚安吻。

这段大学恋情最让我吃惊的，便是打从一开始，我就对大卫充满欣赏和尊重。我从未遇见如此坚定不移、力臻卓越的人。我一向是学校里的优等生，满怀好奇、尽职尽责，努力学习、名列前茅；可他却让我想要提升一个量级。

我不仅欣赏大卫，也真的喜欢他；和他交谈时，我觉得他能理解我的表达，他懂我。仿佛我们一直是最好的朋友——彼此坦诚和倾听，获得理解和安慰。我们笑点一致，喜欢捉弄对方。出于一种自然而然的相互理解，我们很快便有了默契。

学期结束前，我和大卫在整理各自的英语论文，我发现他的语法明显胜我一筹。有天我问他："能帮我润色一下吗？"他答应了，做了全面详细的标注，从他的视角提出改进意见。稿子回到我手上，我仔细看了看文章里大卫的标注，然后望向他。

"怎么了？"他问，"哪儿不对？我改得不好？"

"不，"我回答，"是太好了。"

"哦，"他坐直了些，"那就好。"

"我才是英专学生，但是，你却在修改我的英语论文。"

"啊？"他耸耸肩。

你一定是赢了某场极不公平的基因竞赛吧，不然怎么可能在如此多的领域都如此优秀？心里很想这么问，我嘴上却说："我只是……太意外了。因为大部分像你这样有运动天赋的人，被校队选中之后，重心都成了日常训练。学业呢，或许，就排第二位了。可你却两样都没落下，还都做得很好。"

"你知道我不是被长曲棍球队选中的吧？"他问。

"啊？我不知道。"

"进球队对我来说是很大的考验。"他说。

"你是临时队员吗？"我问，"但是……你不过刚开始。你才大二。我以为长曲棍球是你一生的追求。或者,至少是你的首选。”

“不,”他摇头,“我第一年打得很糟，差点被淘汰。我虽然来自中西部，却从没练过握杆技术，而那些从小生长在马里兰或长岛的人，曲棍球运动已经融入他们的文化，很小就开始打巡回联赛。我却什么都不懂。教练喜欢我，只是因为我够努力，还有跑得够快。”

“真的？”这一问，我对大卫·列维的整个儿看法都转变了。

“当然,”他说,“大一秋季学期，教练需要大量减员。每次我都很惊讶没被减出去。撑到最后一轮筛选的时候，场上只有寥寥无几的临时队员争夺最后的席位。有天早上，教练让我们到体育场计时赛跑。跑步对我来说是没有问题的。”我点点头,他继续说:“可那天早上，室友把我的闹钟关掉了，我睡过了头，醒来一看时间，吓了一跳。所有队员都已经出校门，去了体育场。我没有车，感觉怎么也来不及了，一定会被淘汰。”

“但是,”——这种不公平的事最让我愤恨了——“你不能和教练解释一下，说室友关掉了你的闹钟吗？”

大卫冲我宠溺地一笑 :“责怪室友？你觉得他会相信吗？”

“可这是事实！”

“没有借口,”大卫说,“错过了计时赛这么重要的事，本身就出局了。”

“那你后来怎么办的？”我问。

“搭便车。我恳求一个陌生人载我到体育场去。到了那里，最后一组选手正在热身，准备上跑道。我翻过围墙，在教练背朝我的当口，冲进了第二组预赛队伍里。这场比赛我是混进去的。但教练很可能压根儿不知道，我差点没赶上。”

“哦！”我感叹。

“但是，我还是决定当场告诉他。”大卫说，“我把一切都告诉了教练，承认自己来晚了，错过了开场。我觉得他很可能会放弃我了，只是不想对他撒谎。”

“然后呢？”

“几个礼拜以后，我正式加入了球队。教练说，他很欣赏我的诚实。”

一切都清楚了。整个故事的来龙去脉。我还是觉得不公平——他的室友居然按掉了他的闹钟！如果是我，很可能径直跑到教练面前申诉、解释，从头到尾讲一遍。可大卫并没有把它当作一个悲剧处理。面对不公，他没有咬牙切齿，而是想尽办法，克服阻碍，冲到了体育场。这点让我非常欣赏，更不消说他的正直，对教练坦诚相告，尽管很可能对他毫无益处。

我对大卫的认识更明晰了一层：他勤勉好学，在球队之外总是行事低调，并不符合我们对运动员的刻板印象。他身上有太多特质都让我着迷。终究，和我们一样，大卫·列维也是个不走寻常路的人。“那么，你进校队，终究还是靠成绩的吧。”我说。

“其实，我进的是橄榄球队，”他问答，“但我后来决定尝试长曲棍球。我觉得这项运动里，我有更多提升空间。”

我心下思忖片刻，这一切好得近乎失真了。

第3章

大卫就这么突然地失去了意识，无法醒来。一米八的个子、180 斤重的躯体，平躺在一排客舱座位上。一位医生、一位护士，还有一位内科急救专家（都是机上乘客）围在他身边。阿拉斯加航空的空乘们给大卫接上氧气瓶，护士紧握他的手腕测试脉搏。奇怪的是，大卫的生命体征都很稳定，看上去就像在打盹儿、休息，很平和，尽管周遭已乱成一团。

我坐在前面一排，目睹这一切，努力让自己镇定。不断听到客舱里关切的、困惑的轻声细语。

发生了什么？

他突然失去意识了。

他妻子怀孕了。

我把手贴在肚皮上，提醒自己必须冷静。但是，大卫就躺在那里啊，没有意识，对一切毫无回应。我的丈夫，如此高大、强壮、健康——是一名运动员，从不见他抽烟，是我见过最自律、最注重饮食均衡的人，更何况，他是一名医生啊！可他现在面对一群极力想唤醒他的医务人员，毫无反应。到底发生了什么？

又过去一段时间，他们尝试让大卫吞咽少量橙汁，考虑到也许是低血糖造成意识丧失。果汁缓缓流进大卫的咽喉，他呛住了，眼睛依然闭着，但整个身体都在颤抖，表现出明显的抗拒。

一位医务人员说："他出现癫痫了！"大卫庞大的身躯上下起伏、战栗起来。我闭上眼睛，身体蜷成一团。上帝啊，为什么会这样？到底发生了什么？大卫，你怎么了？为什么不能醒过来？

我知道，如果使劲想一个问题，我的大脑一定会失去控制，做出各种糟糕的、可怕的揣测。一旦陷入其中，就拔不出来了。所以，我尽量专注于呼吸。吸气，呼气。让医学专家们完成他们的工作吧。保持冷静。大卫醒来就能看见我了。

过程中，内科急救专家尝试了心肺复苏，双手按压胸腔，但是并不见效。半小时后，大卫还是没有醒来，我们决定迫降。空姐使用了医联客舱服务，与地勤人员紧急联系，找到最近的机场，确保救护车等在跑道上，并且一组医护人员能够顺利登机，把大卫送到医院。

“我们在哪儿？要降落在什么地方？”我问，望着窗外一片漆黑。日光已不见踪迹。我问自己，芝加哥和西雅图中间是哪里？——我们会去爱达荷，还是蒙大拿？

“法戈，在北达科他州。”空姐回答。

“法戈我不熟悉，”我说，“那里医疗条件好吗？”

在我的凝视下，空姐回答：“这是我们唯一的选择。”

那，就只有法戈了。

他们脱掉了大卫的一只鞋子。我不记得是为什么了，可能担心脚肿吧。我坐在那里，攥着大卫的鞋，好像握着一件珍贵的遗物。这是大卫的鞋子。这是曾属于他的一部分。多少次我看到这双鞋，未曾多想，或许思量着：真希望他能把鞋放进鞋柜里。我发现，鞋子还是暖的，说明他的身体也是暖的。那是流淌在他身体里的血液的温度，他的心脏还在供血。我想起每个寒冷的清晨，大卫起床时，窗外还是漆黑一片，他却要去医院上班了。每次我翻过身，他那侧已空空如也，床单温柔地乱作一团，却留存了他身体的温度。突然，脑中闪过一个念头：

以后我还能从任何一件衣物中感受大卫的体温吗？如果他死了，身体不就冷了吗？——电视电影里不都这么演吗？这只鞋会是最后一件留存大卫体温的东西吗？我不禁握得更紧了。哦，天哪！天哪！天哪！这一切到底怎么了？

我们降落在法戈——远处一片茫茫的黢黑，残留几点零星灯火。附近，救护车灯闪烁着，或白或橙的光亮叫人眩晕。急救医疗队上了飞机，把大卫移到临时轮床上，他的身体瘫软在他们的臂弯中。我紧随其后，仍旧握紧那只鞋，确保四件随身行李都带下飞机。记得一个月前的某天晚上，大卫突然找不到钥匙了——他是那么慌乱，因为钥匙扣上拴着一个U盘，里面存着他的工作文件。我告诉自己，现在唯一能为他做的，就是确保他所有贵重物品都不遗失。

我穿过一排又一排乘客，他们都神色严峻，面露关切。这群飞往西雅图的同伴，在我经过的时候说，他们会为我丈夫祈祷，会想着我们一家人。我点着头，神思恍惚，心想：好，请这样做吧。请为大卫祈祷，请为我祈祷，因为我现在太害怕、太困惑，只想搞清楚大卫体内到底发生了什么。我没有时间为自己祈祷了。所以，很好，请这样做吧。

这些乘客会按原计划去西雅图。他们等行李的时候，会和西雅图的亲人朋友说起旅程的变故，他们竟然在法戈紧急降落。我相信他们的关怀出于真心；我也相信他们很多人会想起我们，会为大卫祈祷。可我也知道，着陆后不久，他们就会回归各自的生活，我们的痛苦与创伤将很快褪色，成为他们的一段回忆。

我们俩去不了西雅图了。整件事就像恐怖小说，前途依然未卜，可轨迹已经改变。我们的人生轨迹，已经永远地改变了。

第4章

2004年秋，康涅狄格州，纽黑文市

我和大卫开始约会了。几个月后，我们一个共同的朋友幽幽地、不怀好意地信口一说："你和你的兄弟姐妹啊，谈恋爱的时候可都要提高警惕——这人到底是出于真心呢，还是对你们的家族感兴趣。"

哼！那我倒是真没想过。多数时候，我对这种奇谈怪论，鉴别力还是颇高的。幼年时起，我就不乏此种经验。有些人心怀不轨，特征很明显：他们要么过分强调你的姓氏，要么直接言明有何企图。

举个例子，上中学第一天，我觉得很紧张，有种不安全感，不知道即将发生什么，大多数新生都这样吧，不是吗？走进生物课教室，一个帅气的高年级男生帮我推开门。我顿了一下，冲他感激地一笑。这个陌生人的善意举动让我很吃惊，并且他，一位学长，是主动这么做的。或许，中学并没我担心的那般吓人。可才一会儿，他就一手抵着门，一手举到嘴边，对着整个走廊喊："她爸是州长！我必须给她开门，要不然，会被送监狱的！"

无数双眼睛转向我，盯着我，仿佛发现新大陆，也可能纯属好奇。有人窃笑，有人低语。大家一定看出了我的畏缩，至少我感觉自己面颊发烫。我宁愿自己是生物课上任我处置的蠕虫，装在罐头里，浑身浸透甲醛，等候被解剖的命运。我不过是个瘦弱的小女孩，才 14 岁，第一天上中学，神经紧绷、小心翼翼，只希望不要走错路，能顺利找到教室，或许还能交上一两个朋友。最不想见到的，就是在人头攒动的走廊里，从人群中被孤立，成为某个爱捉弄人的高年级学生的目标，在众人面前被贴上异类的标签。这样的事情司空见惯。所以，小小年纪，我就懂得，当外人饶有兴致地、好奇地盯着我时，应该如何自处和应对。

我自认为已经熟稔解决之道，留在身边的都是些真心的朋友。大学时期一个最好的朋友后来对我坦白：大一开头几个礼拜，她总是忍不住想，自己的室友是州长女儿。也没啥大不了。不过，只要有机会，我还是想和陌生人多待一会儿，暂时忘记我的姓氏。小时候，我最喜欢匿名夏令营，没人知道我是谁。这样，我就可以像个普通人一样享受几个礼拜的时光。其实，每个夏天我都提心吊胆，生怕有人问我的全名，或者问我父亲是做什么的。

然而，现在这姑娘又提出了这个问题。她知道我和大卫·列维约会。难道她知道了他的什么事吗？她是在暗示什么，想委婉地给我提个醒吗？大卫待人友善、细心体贴、懂浪漫；现在，他和我在一起，我们总能被同样的笑话逗乐——可这一切，难道是他设计好的吗？

我决定调查一下。我的朋友彼得也是英文专业的，我们一起上好几门课。去年，彼得和大卫一同加入耶鲁大学兄弟会，两人同样幽默，又都在芝加哥长大，很快成为朋友。彼得知道我和大卫约会，并且，他也和我们一样选了艺术史课。于是，我直截了当问彼得，大卫是个什么样的人，还有，我俩约会有没有不妥。

我永远不会忘记他的回答。“我从未见过任何人，像大卫那样在生活各个方面都追求卓越。不管是学业、体育、友谊还是别的方面，大卫都非常努力做到最好。所以，他也一定是如此对待你们之间的感情的，对此我毫不怀疑。”

我渐渐意识到，这就是大卫的本质特征：不管做任何事，他都很努力——非常努力。不久后，我就发现很大一部分原因在于他的童年。大卫一岁时，耳朵发炎差点失去了听力。医生说他一生都听不见了，可父母却决定给他做手术。结果，手术很成功，大卫恢复了听力，却失去了整整一年时间——幼儿成长发育的一个关键时期——落后于同龄人平均水平。

为了弥补这段时光，大卫从小就接受高密度的特殊教育：上午去公立幼儿园，下午换辆校车，去为有学习障碍的儿童而设立的学校上课。

后来，大卫之前的校车司机从他哥哥那里听说，高中毕业后，大卫要去耶鲁上大学。校车司机还以为大卫哥哥在嘲笑他，可一切都是真的——他印象中那个从小掉队的小男孩，已经当了自己所在球队的队长，在高中毕业典礼上作为毕业生代表发言，并考上了他梦想中的大学。

为了挣脱不平等，在重重困难下取得这些殊荣，大卫必须格外努力。他必须培养自己高度专注的能力，努力进取，不屈不挠——自此，这些品质就从未离开过他。

“我爱……”大卫顿了顿，“和你一道出去吃饭。”

自打开始约会，几个月过去了。我和大卫但凡有时间就待在一起。我爱上他了。那晚看他在草坪上侧手翻，我就爱上他了。我的感情突如其来，又何其坚定，这着实不像我。我猜测——我希望——或许大卫也是爱我的，可他并未言语。

相反，每当我们一起做点什么，大卫都会用“我爱……”起个头，然后跑偏。

“我爱……和你一起看电影。”

“我爱……和你一块儿学习。”

“我爱……和你打电话聊天。”

开头，我觉得这挺可爱的。几个礼拜过去，我开始觉得沮丧。那么我呢？我心想，你爱我吗？还是我单相思呢？

终于，耐心冲破极限，我开了口。二月初，一个周六晚上，我们和朋友一起泡吧。大卫又来了：“我爱和你一道出来。”

“那我呢？”我问。

大卫怔怔地看着我，有点儿吃惊：“什么？”

酒吧里很吵。为了让他听清，我凑过去：“你老是说爱和我做这做那，但是，你爱我吗？”

大卫拉起我的手，牵着我绕开人群，找到一个安静些的角落。楼梯井里，我们依偎着坐下。“艾莉，”他说，依然没有松手，“我非常爱你，以至于不知道如何告诉你。我从未爱过别人；我也不知道自己在做什么。之前，我不知道你对我是什么感觉，所以，我一直在说，我爱……和你一道吃饭……想看你是什么反应。我只想知道，你是不是也爱我。”

我笑了——有些紧张、有些晕眩，又觉得释然。

他接着说：“我不知道如何向你表白才显得够特别。下周是情人节——我想着或许那时候再告诉你？”

我握了握他的手：“所以你是说，这么久以来你严守这个秘密，就是为了等到情人节？”

“我只是想……我想这件事需要隆重一些……”他说，“我不知道，从没做过这个。”

“我宁愿你不要等到情人节。”我说。

“现在没有秘密了，”他说，“我爱你。我从未想过，自己会这样爱一个人。”

“我也爱你。”

我们就这样陷入了爱情。沉沉地陷于爱情。我们都很年轻，突然有了一个爱人、获得一段感情，一时间沉浸在内啡肽带来的愉悦的洪流中。大卫的父母后来直言不讳，他们对我俩相爱深感忧虑，因为他们肯定，我们的感情抵不住大学时光、彼此成长和医学院的重重艰辛和严峻考验，最后会给大卫造成深深的痛苦。“你们遇见得太早了！”他们觉得。

事实证明，他们的担心是多余的。我从未见过像大卫这样的人，从未与任何人这般心有灵犀。他在我笨重的旧 iPod 上添加了几个播放列表，而那些歌要么是我听过并且喜欢的，要么是没听过但很快喜欢上的。他因为我而喜欢上艾尔顿·约翰、Journey 乐队和齐柏林飞艇；而我因为他爱上老鹰乐队、蒂姆·麦格罗和平克·弗洛伊德。“你的音乐品位太棒了！”我惊呼。好感度又提升一级。

大卫确实让我兴奋不已，让我憧憬着两个人的未来，这点我是没有料到的。我对闺蜜们说，这体验就好像住在山上，已经看到了好风景；可又发现，还可以攀得更高，那里的景色会更好。以前交往的男孩们也不错，在一起挺愉快，有些更出色一点儿。可大卫是不一样的——他有更多侧面，于我而言更具挑战性，是一个让我希望自己变得更好的伴侣。既然我已经知道这样的风景存在于世，又怎么可能再往山下走呢。

“青葱岁月”。这个说法来自莎士比亚。在戏剧《安东尼与克莉奥佩特拉》中，克莉奥佩特拉对尤里乌斯·恺撒如是表达她的爱：“那是我的青葱岁月，当我还在青涩之中。”青葱岁月是美好的少不更事——那时的我们还稚嫩、懵懂、不谙世事、心思单纯、热情洋溢、不顾一切，以及天真烂漫。一个人之所以天真烂漫，大多因为活得还不够久、不够艰难，好运还没有用到头。

“你很幸运。”和大卫交往的第一年，一个朋友对我说。她说得没错。人群中找到大卫，是我的幸运。

第5章

一辆救护车在法戈机场跑道上等着我们，车灯闪烁，警报声此起彼伏。一群医护人员和大卫一起坐在后头，司机让我坐到前排去。打方向盘时，我看到她面容严峻，像是一边忧心着大卫，一边又同情着我。“我们距医院只有几分钟路程，而且现在也不会堵的，”她告诉我，“但是为了保证最快速度，还是要把救护车灯和警报器都开着。”

救护车出发后，我打电话给大卫的父母。我婆婆接的电话：“哪位？”

“露易莎吗？”

“是的，艾莉？你们现在不在飞机上吗？”她问。

“我们在北达科他州法戈市。飞机紧急降落了。”我能听到自己极不自然的冷静的话音，声音很轻，不带任何情绪，虽然整个身体都在颤抖。我们从不知该如何应对危机，除非有一天，危机真的降临在我们身上。我曾以为，自己一定会大声尖叫、歇斯底里，或至少放声哭泣；可结果，我的嗓音是虚弱的，眼眶里并没有泪滴，行动因惊吓和困惑而迟钝、木讷。“大卫在飞机上失去意识了。”

电话那头一片安静。面对突如其来的、丝毫不受欢迎的消息，一位母亲在极力地运转着思绪。“他现在醒了吗？”她问。

“没有。”

她打开了扬声器。“尼尔森来了。发……发生了什么？”

“我们都不知道。”我说，“他右眼瞳孔放大，看不见东西，然后就不省人事了。”

大卫的父亲也来到电话边。尼尔森·列维是一名出色的医生、博士、神经学家，过去40年来从事医学研究和新药开发。听到他的声音，我很高兴。

“艾莉？我是安迪。”感谢上帝，大卫的哥哥安迪那晚恰好也在父母家。他也是一名医生。当时，安迪即将完成芝加哥大学住院医师培训，刚好是第三年，也是最后一年。之后，他和妻子艾琳会带着两个年幼的孩子搬到丹佛，开始为期三年的心内科培训。安迪和艾琳去郊区父母家，多半是打算和家人共度一个愉快的周末。我对列维一家晚上聚在一起的惯例太熟悉了，完全可以想象那个场景。我仿佛能看到他们在厨房里忙活，用好晚餐后，把孩子哄睡着，然后可能在客厅看部电影。真抱歉，各位，我心想，那所有的平凡琐事，那再普通不过之事，那个如此美好的寻常夜晚……已经被我不得不说的消息彻底毁了。

可是，我迅速获得了电话那头一位神经学家和一位心内科医生的支持，于我是个莫大的安慰。我坐在救护车前排座位上，颤抖着握紧手机。车灯亮着，警报声响着，划破法戈夜里的宁静，我们行进在星火斑驳的路上。

那时我还不了解情况——不知道大卫为什么失去意识，也不知道他们到了急救室打算如何施救——所以我向他们保证，一有更多消息立刻打电话。

“艾莉？”很快，安迪又给我电话，话音里透着明显的担忧。

“什么事？”

“现在我们谁都不知道大卫为什么昏迷。如果是中风，每一秒钟都很关键；甚至关系到大卫是生是死。到医院以后，他们必须迅速行动，必须立即给他做核磁共振。你一定要坚持这一点，一定要让他们这么做。好吗？”

“好的。”

“好，祝你们好运。我们都爱你们，随时做你们的后援。”安迪是列维家六兄弟中的老五，和最小的大卫年纪相仿。安迪和大卫只差两岁，从小一起长大——他们在同一支球队踢球，是高中和大学时期最亲密的朋友。自我们大学相识以来，安迪大概是我见过心肠最软、心思最细腻的男人之一。我能听出安迪在极力压制恐惧和痛苦，听出他身为兄长的心碎，可他不得不迅速转变到医学思维，从仅有的细枝末节中小心推测、谨慎判断、寻找答案。“好。记得打电话，好吗？”

“我会的。”我们挂断电话。

短暂的几分钟后，我们抵达了医院。我格外欣慰地注意到，法戈市桑福德医疗中心离机场只有大概 4 分钟，而不是 40 分钟；在偌大一个北达科他州，这不得不说是个惊喜。

众人把大卫的担架床从救护车上抬下来，推进医院。我步履蹒跚地跟在后头，进了急救室，刺目的白光让人眩晕。一扭头，我看到身旁站着一位急救人员。大脑一片混沌之际，他往我手里塞了一沓 20 美元面额的纸币，说 :“我们为家属筹集了一笔资金……就是为这样的状况准备的。”

“这样的状况。”我思忖着他的用词。这样的状况是什么？发生了什么？

他接着说："这笔钱你拿去，订旅馆或买点吃的，或者不管什么。"我低头看他的手，又看向他的脸，无言以对。我压根儿还没想到这么多，没想过我可能要在法戈待段时间，得为自己做些安排。我得安排我在这儿的食宿？现在是什么情况？我止不住想，到底为什么会这样？

"我们会为你祈祷的，女士。"这名医护人员说。这满满的善意让我有些哽咽。我嗫嚅着，吐字含糊："谢谢，太感谢了。请祈祷吧。请帮我们祈祷。"不过，我还是没有哭出来，我也不能。那样的状况下，我需要的是答案，我必须做好准备，随时回答医护人员的提问。

一群身着手术服的医护人员围着大卫一动不动的身体，脱去他的衣服，连上数不清的乱麻般的线路和仪器。我记得他们撕开了大卫的 T 恤——那件 T 恤是去年十月我们去大卫小时候参加的亚拉巴马州门通镇（Mentone）的夏令营时得到的。我记得夏令营负责人多年后再见到大卫有多激动，他还记得大卫当年生龙活虎的样子，记得大卫被选为"优秀营员"，并且在某年夏令营结束前为团队赢得一场盛大的体育赛事。我记得离开前，他坚持赠给大卫一件"兰尼营"纪念 T 恤，还说，希望大卫以后带着自己的儿子一起来，当营地的志愿医生。驱车离开卢考特山，大卫对我说，赢得那场营地比赛大概是他整个童年最骄傲的事。可是现在，他们把兰尼营 T 恤从中间一撕两半，以便检查大卫的身体。这副强壮、健硕的 180 斤的身躯，让人无法将之与死亡联系在一起；可死亡的阴影却步步紧逼。

整个过程中，大卫都毫无意识，脸上是诡异而冷酷的平静。真想知道他脑子里在想什么。就这样望着他，一切都太奇怪了，仿佛他只是沉沉地睡去。这些年来，我多少次看着他沉睡的样子？和这一模一样。他就不能醒来吗？在一连串震惊和茫然无措之下，我竟蹦出了毫无理性的想法：好吧，看来我们肯定去不了西雅图了，但是，或许他下一秒醒了，我们还能赶上夏威夷。或许我们还能继续旅行，按计划去篝火营享用烤野猪宴，去潜水，去海滩上看书。

主管的急救医生是个年轻人，身着绿色手术服，板寸头，向我抛出一堆问题。飞机上发生了什么？大卫平常吸烟吗？他从机上的医生处得知（后者已把情况转述给急救医疗队），大卫在飞机上突发癫痫——以前经常如此吗？同样的情况出现过吗？他最近提过哪里不舒服吗？有没有肢体麻痹的感觉？

我倒是真想反问他一大串问题：发生了什么？大卫还好吗？他会醒过来吗？但是，这个年轻人显然被难住了，他的慌乱溢于言表。一名年轻医生为什么突然在飞机上不省人事？这位急救医生平常可遇不到此类情形，何况压力可不小，他妻子正挺着大肚子坐在那里呢。当下，他掌握的信息并不比我多，我也不想妨碍他的治疗，所以，我没有问出那个重重地压在心口的问题。

我丈夫会死吗？

大卫被从急救室推出去，要做一系列检查，我没有跟过去。我蜷缩在椅子里，浑身颤抖。好冷。

“女士，”一名护士看我独自坐在那里，探过头来，“你还好吗？”

我耸耸肩，泪水第一次盈满眼眶，说不出话。我该怎么回答？我还好吗？大卫还好吗？——我需要知道这个，然后才能回答护士的问题。

“女士，你需要尽量保持冷静，照顾好自己。”护士指了指我的肚子，“你希望我帮你做个 B 超吗？确保一切都……好，听到孩子的心跳，可能会让你感觉好些。”

确保孩子平安无事，她是想这么说的，但及时打住了。为什么要让我的孩子承受这些？我心里大概想了 100 次了。当然，我的子宫现在无法提供最愉悦、平和的环境。我能感到体内压力重重、肾上腺素翻滚——因为我的双手在止不住地颤抖。所以，我尽可能使用瑜伽呼吸法，让自己身体保持冷静，为孩子提供力所能及的宜居环境，尽管我俩现在突然陷于前途未卜的地狱之中。

我闭上眼，泪水静静淌过脸颊。“不用。”我摇了摇头。此刻我不能做超声检查。孩子的心跳声曾经让我在最愉悦的情境下激动流泪——那时，在产科诊室，大卫站在我身边，握住我的手。可现在，我无法承受情绪的海啸。坦白说，内心隐约是恐惧的。为什么护士要让我听孩子的心跳？难道孩子有可能不安全吗？难道我会一夜之间同时失去丈夫和孩子吗？我该怎么办？我承受不了，此刻不行。我需要把所有注意力都放在大卫身上。孩子很好；她必须很好。我们都需要她好好的。

大卫不在身边，为了让自己保持冷静，我取出 iPod，点击“我的音乐”。我在歌单中挑选舒缓的、能让人冷静的音乐。大卫帮我挑过一些慢速经典摇滚歌曲，命名为“经典摇滚芳醇”，都是在一起的十二年里他推荐给我的——平克·弗洛伊德、齐柏林飞艇、鲍勃·迪伦等等。这是大卫最喜欢的歌单。可当我一一点开，每个标题都像尖刀刺向我的伤口。不光因为这些是大卫最喜欢的歌，承载着属于我们的回忆和故事，还有这些标题！

《无能为力》

《你在就好了》

《甘愿麻木》

《天堂的阶梯》

《敲开天堂的大门》

开什么玩笑？我嘀咕一句，把音乐关掉了。我给大卫家人打电话，告诉他们已经到了医院，现在正等消息。“那边的医生排除大卫中风的可能性了吗？”他们问。我不知道。“他们有马上给大卫做核磁共振吗？”我不知道，我不知道他们在做什么。尼尔森和安迪希望等医生一回来就和他通话。

大约一小时后，医生回来了，他告诉我，已有足够数据表明，大卫脑部没有出血。真是好消息！这就意味着，大卫不是出血性中风。而另一种缺血性中风，专家都认为不太可能。大卫很年轻，饮食健康，不吸烟、不酗酒，也没有过度肥胖。就大卫的体质来看，发生第二种中风的概率极小，甚至从未听过。况且，如果是那种中风，大卫现在可能已经死了。

那么，就是别的原因了。他们会努力找出病因，但是，太好了，我们已经排除了中风！或许最后查出来，不过是无伤大雅的小毛病，比如，低血糖。

电话那头传来呼气的声音，尼尔森、安迪和露易莎闻讯都重重舒了口气。而后，我打电话给爸妈告诉他们近况。我也听到了他们的舒气声。“太好了！我真的很担心啊。”我爸，一个无可救药的乐天派，坦白说。

一周前，父亲宣布竞选美国总统，所以他和我妈最近至少算是“很忙”。今晚，他们有幸能在纽约家中度过。仅仅几周前，我们全家聚在新罕布什尔州，见证父亲宣布参选的时刻。我们和他一起站在台上，骄傲地看着他把帽子扔进四周环绕的人群中。那天，大卫有台手术，只能在芝加哥看电视报道。第二天回家，我向他一一道来。我们开玩笑说，必须准许女儿看电视，这样她就能看到外祖父站上辩论席了。转眼，我已孤身一人，坐在法戈的急诊室里，这一切仿佛都来自另一个世界、另一个时空。

“脑部没有出血，”我告诉他们，“这就表明，如果他中风了，那一定是缺血性的，而那也不大可能，因为如果真的是缺血性中风，大卫很可能已经不在了，所以他们也排除了这个可能性。”

“那，那简直太好了，艾莉，”我爸说，“那让我们都保持乐观吧。”我挂断电话，保证一有消息就告诉他们。

一小时后，神经科医生进来了。他是个年轻人，可一脸疲倦和忧虑，仿佛一张面具紧贴在脸上。光线刺目的急诊室里，他坐过来，面色凝重。一切肢体语言都昭示着某个严峻的消息。

他看着我的眼睛，解释道，他看了所有的检查结果，事实证明，大卫确实发生了中风——就是最严重、最不可能发生的那种。缺血性的，不是出血性的。至于为什么，他不知道。大卫就是最不幸运的那个。“他得的是双侧丘脑及中脑梗死。”医生告诉我，尼尔森、露易莎和安迪都在免提上听着。我从这个医生脸上读到很多信息：同情，他得告诉我这个可怕的消息；疲倦——时过午夜，他被从家中叫过来；压力；但更多的是难以置信——从未料想过这个年轻、健康的男人身上会发生如此罕见的中风。他不明白这一切为什么发生——无法告诉我，下一步该怎么办。甚至也不能告诉我，大卫能不能醒过来。

我们不想耽搁他哪怕一秒钟的时间，一讲完，就让他回大卫身边去了。

安迪在电话里说：“他们怎么和你说的？”

“他们说，现在还没有任何办法掌握更多情况。”我回答。

“没错，”安迪说，“就是说什么都有可能……一切都可能……或许我弟弟会醒来安然无恙……也可能就这样离开我们。”

我给父母打电话，告诉他们这个噩耗。“或许你们最好过来，万一……你们需要和他道别。”一句话没完，我已经讲不下去，忍不住啜泣了。

“当然，”爸说，“我们搭最早的飞机过来。”

我挂断电话，再次孤身一人坐在亮晃晃的诊室，全身颤抖，无法理解发生的一切。我掏出手机，向最亲密的朋友和其他家人群发了封邮件。

主题：此刻需要祈祷

请不要回复，此刻我无法接电话或回邮件。我正在急诊室，需要专注于大卫和医生，但是我需要你们的祈祷。我和大卫的航班迫降在美国北达科他州法戈市，因为大卫突发中风。有了更多消息，我会告诉你们。重复一遍，此刻请不要打电话或发信息。我爱你们。

谢谢。

出血性中风发病年龄通常更小。年轻的幸存者们通常会丧失语言和行动能力。很多此类中风患者的康复之路是从彻底瘫痪开始的，不能说话，或者处理语言信息。经过漫长而痛苦的休养，承受超越常人的艰辛，很多病人最终恢复了部分，甚至很多机能，但对一个年轻人来说，这依然是非常可怕的命运。我们一直祈祷，但愿大卫无须承受这些。

然而，几小时后，一听说大卫患病的真正原因，我这位身为神经学家的公公对我说，他愿意付出任何代价，宁愿大卫得的是出血性中风。瘫痪、丧失语言功能，他都心知肚明。对于出血性中风，医生和康复治疗师们都知道如何应对。但是，年仅 30 岁就患上双侧丘脑及中脑梗死？这简直是不可能的事，因为现存的医学文献中，甚至都找不到类似大卫的病例，找不到任何患者存活或康复的记载。没有任何案例给任何人参考或指导。所以，我们谁也无法推测，这意味着什么，以及我们该对大卫抱有怎样的希望，假如还存在希望的话。

第6章

2007年9月，纽约

交往三周年纪念日，大卫往我工作单位——美国广播公司新闻网全球总部——寄了一捧硕大无比的鲜花。我当时简直尴尬极了。花是9月24日下午送来的，直接送到了新闻编辑室，距离正在准备晚间新闻的查尔斯·吉布森仅几英尺远。而我正在侧间剪新闻，通过合作平台MTVU（校园音乐电视）投放到大学校园。所以，一位资深制片人不得不帮我签收，然后四处找我，把花交到我手上。

“你怎么能这样？”我跑到洗手间，压着声音给大卫打电话，像个窘迫的少年指责家长，说为什么不把车停到几个街区外不显眼的地方，“这看上去太不职业了！后来只能领导帮我签收！”

听到我惊慌失措的声音，大卫仿佛犯了错：“我觉得，三周年是个里程碑，需要郑重地表示一下。其实，我还去问了爸妈，问他们这主意咋样。他们觉得挺好的。”

对于 22 岁的我们来说，这确实是个重大的里程碑。我们是少数几对经受住大学时期风云变幻的伴侣之一，后来又一起毕业，搬到大城市，在“真实世界”生活。从大学校园的象牙塔走出来，我们的感情依然坚不可摧。

不过，纽约的新生活毕竟不能延续大学时的无忧无虑，落差很快就显现出来了。大卫在哥伦比亚大学医学院念一年级，住在纽约市的华盛顿高地；而我和 3 个大学同学住在下东区，4 个人挤一个小套间，带 3 间卧室和 1 个公用卫生间。从我的住所到大卫那里，要坐近 1 小时地铁。“这么看，你也可以住在康涅狄格，见面也不过 1 小时的市郊通勤。”我苦笑。

幸好，我们以前也不是那种典型的校园恋爱，不需要每时每刻都黏在一起。我有自己完整的生活，大卫也是。我们都很独立，专注于各自不同的目标。有时，太过独立反而是作为情侣的我们需要面对的巨大挑战，因为我们得努力给两个独立的个体编织一致的生活轨迹，但大多数时候，独立是件好事。我们都不会过度依赖彼此。那些年，我们的住处隔得很远，我们就各自努力，争取在纽约奋斗出自己的一席之地，探索各自的事业，而这份独立于我俩都颇有裨益。

我在美国广播公司新闻网做一份相对自由的制作助理工作。大学时我曾在那儿实习，毕业后又回到那里工作。这时，编剧们开始罢工，社会经济下行。公司准备缩减招聘名额，而我一直期盼的工作也被缩减为自由职业岗位，按小时付酬，且不含医保。即便住廉价的套间，每月付完房租，也就只剩几百美金，何况不言自明的是：纽约的居住成本不是每个人都负担得起的。

虽然我很喜欢这份工作，8 个月后，也觉得有必要换份更稳定的工作，获得更好的报酬：除了微波炉加热快餐，偶尔也得改善伙食吧；此外，还需要医疗保障。于是，我应聘了福克斯新闻的全职记者岗位。

我很喜欢故事。我希望用文字编织故事。我的整个人生都被一种欲望驱使着，我希望了解别人的故事，追根究底了解他们是怎样的人，以及他们如何成为那样的人。我喜欢提问，喜欢探寻和理解每个人所珍视的东西。9 岁时，我家突然开始出现一群州警护卫——载我们去这里去那里，随时出入家中，连家庭度假都跟着我们——我获得了“马普尔小姐”的昵称，因为我总是好奇地想认识每个人。我渴望知道每个人的故事。坐进车里，我就对着州警（通常是个中年男子）做自我介绍，很快抛出一大串问题：你结婚了吗？如果答案是否定的，我就接着问有没有追求对象；如果答案是肯定的，我就问他们是如何相遇的。你有孩子了吗？你们住在哪里？你钱包里有孩子的照片吗？如果有，我可以看看吗？诸如此类。

那时候还没有手机，州警们通过无线电用一串数字和代码沟通。我认真地听，终于破解了他们的代码，后来就常常一边拿着接收机，一边随口报出代码和数字，合成需要传输的信息。

所以，基于我爱探究的天性，加上对写作和历史的热爱，我觉得新闻行业应该是最合逻辑的职业选择。新闻编辑部的工作令人兴奋，节奏很快，还能和有趣的人打交道；但是，不知为何，写新闻还是让我觉得不满足。虽然我很喜欢手头的工作，可身处的行业却让我觉得格格不入。我确实希望研究世界上最新发生的大事件、事件成因以及个体对事件的反应——可是，令人恐慌的截稿期和高速运转的 24 小时新闻周期都不是我所期望的。我成了一个大海绵——吸收着环境中所有好的、坏的，还有压力。工作第一年，我失眠了，我的大脑整晚运转，无法叫停。我挣扎着处理信息洪流，惊恐于日益迫近的截稿期或访谈预约。

在新闻编辑部的那几年，陆续有人对我说：

你必须更尖锐。

你需要更愤世嫉俗。

我们的目标是激起愤怒。

句子要更短。

减少宽泛用词。

投入、离开，流动起来，要快。

一个句子需要逗号，就已经太复杂了。

你服了“快乐丸”吗？

可我从来不是个尖锐、辛辣的人，也不想变成那样。我不想被一个筋疲力尽、脾气暴躁的主管嘲笑，仅仅因为我尽力维持愉悦友好的行为举止。我喜欢写需要逗号的句子。我喜欢玩文字游戏。一味追求快、快、快，在我看来是仓促了事、充满压力的。我也不想把积攒到今天的有关写作的经验和领悟一笔抹杀。

我开始利用业余时间写小说，这几乎成为我从新闻编辑部的混沌日常里放松下来的方式——我有机会玩味那些宽泛的词语和复杂的句子，能够安置大量的情绪和思虑，而这些都是日常工作中需要避免的。

不久，我就发现自己彻底沉迷于这项新爱好。蓦然间，我一下班就飞奔回家，抓起笔记本电脑就开始写作。地铁上、杂货店里、外出就餐时，灵感都会突然迸发，想到一个合适的场景、人物或一段对话，然后迅速回到家里，担心没来得及把点子写下就忘记了。事实证明，我希望研究人性和展开叙述的渴望通过写小说，而非写新闻，获得了满足。

初尝喜悦，精力充沛又备受鼓舞，我坚持了下去。写小说成为我的隐秘快乐之源，工作日晚上和周末都沉浸其中、乐此不疲。这是我下班后应得的乐趣。可我尚未知晓如何把它转变为职业，或者说，我不知道能否靠写小说谋生。“维持日常工作”几个字牢牢印在脑海，虽说每天上班都惨兮兮的，可我得靠这份工作付房租。

大卫在医学院也自顾不暇。不管多努力，似乎其他同学总是学得更快、睡得更少、吃透素材更快，而且在处理医院内部关系中更胜一筹。大卫人生中首次尝到，事情不如预期那般顺利，他烦恼不已。自己不是最聪明的——远远不是——这让他无所适从。于是，他采用了面临挑战的一贯方式：倾注全力、加倍努力。

瞬间，大卫的自由时间全被挤掉了，更无暇阅读那些无关解剖学、病理学或其他医学课题的文字。正因此，看到他读着我发去的小说手稿，我清晰地记得自己有多感动。他把手稿打印出来，置于白色活页夹中。我还记得他靠在床沿、逐行逐句读我小说时的样子。

不仅如此，我还在大卫电脑上发现一张便利贴。“她喜欢黄金款式，像她祖母的那样。不是白金的。喜欢镶 3 颗钻石。”

我曾告诉大卫——我都不记得什么时候——我喜欢祖母的订婚戒指。他居然记下来了。

大卫在华盛顿高地的居所也并不豪华，装饰还不错的寝室里，挤满了其他医学院的学生，不过，因为在远远的上城区，可以看到瑰丽迷人的哈德逊河和乔治·华盛顿大桥。傍晚，落日的余晖藏匿到哈德逊河西岸，桥面渐渐发光，横亘在宽阔的水面，冠于纽约市天际线，熠熠生辉。那些年的生活谈不上曳曳生姿，更遑论大学时代的无忧无虑，但是，大卫一直在我身边。他的爱坚如磐石，从未动摇，伴我度过了那些年吃加热速食和忧心找工作的日子。他宛若星辰般明亮、坚定，在偌大的城市里照耀着我，因而其他星星都黯淡不见了。

第 7 章

法戈第一晚，是在大卫病床边的椅子上度过的。我辗转笨拙的身躯，想换个舒服点的姿势，总是徒劳。身边布满各式机器，种种声响不停，形成一支不和谐的交响曲。一根导管蜿蜒着插在大卫嘴里，为大卫输氧。我感觉好冷。热心体贴的护士给我送来好几条毯子，还是暖和不起来。虽然外表看着冷静、镇定，我的身体却一直战栗，感到晕眩，后来才知道，那是惊吓所致。

晚上，护士们每隔一段时间就会来查看大卫的情况，直至现在他还昏迷不醒、状况危急，我也没怎么睡着。早上 7 点，眼看大卫醒不过来，也用不了早餐之类的东西。护士问我，要不要吃他的土司和果酱。我一点儿也不饿，虽然上顿还是在机场红辣椒吃的晚饭——最后的晚餐，我郁郁地想——我知道自己必须吃点东西，就接受了提议。然后，我突然意识到肚子里还有一个，应该吃点更有营养的，就问她医院餐厅在哪儿。

我的模样一定奇怪极了，浑身颤抖、紧握餐盘、僵尸一般走进餐厅，精神萎靡地要了一份希腊酸奶、一个水果杯、一杯橙汁和一杯咖啡。走到桌边坐下，给咖啡加奶，双手止不住颤抖。我估量着如今的处境，自大卫失去意识，大约过去了 12 小时。我知道自己必须开始这项悲惨的任务，告诉大家发生了什么。我必须告诉大卫的同事他得了中风，我们身处法戈。思绪还在拼命厘清现实，我便给大卫的四名住院医师同事发了封含糊的邮件："能麻烦你们谁给我打个电话吗？"

其中一位住院医师格雷格先打来电话。所有人都知道大卫应该在夏威夷度假，格雷格显然意识到有什么不对。

"格雷格，我在北达科他州法戈市，和大卫在一起。我们没去西雅图。"我深吸了口气，"大卫得了双侧丘脑及中脑梗死。"就这样，我说出口了，这些严肃的科学词汇第一次从我嘴里蹦出来——尽管自己都没懂。医疗团队在电话里这么告诉大卫的家人，而我的家人因为没有医学背景，我只简单说他"中风"了。可现在，我第一次尝试讲这个词。"双侧丘脑"什么意思？"中脑梗死"又是啥？

“哦不！”这是格雷格的第一反应。仅仅两个字，可他的语气已表明一切——难以置信、震惊，以及恐惧。“哦不！”是合理的，我想。

“有了更多消息，我会告诉你的。请告诉项目组其他人好吗？还有，能不能帮我问问医院里有没有人了解此类中风的专家？”

那时我没多想，可是打给拉什大学的这通电话，让校方和同事们迅速行动，联合起来帮助他、寻找解决方案。他们的答案最终把我们引向了一切开始的地方。可那时，我只知道必须强迫自己吞下那罐希腊酸奶。还有，我要让更多人知道。

接着，我发信息给大卫最好的朋友们：“请给我打电话。”

彼得，我们大学时共同的朋友，最先给我回了电话。我告诉了他前因后果。

“我无法想象你正在经历什么，”彼得这样一个幽默的人，现在他的声音里却透着罕见的严肃，“如果有什么我们能做的，请一定告诉我们……任何事……为你们都可以。”又来了，那同样灾难临头的口气，难以置信、震惊，以及恐惧。我尝试想象这个消息在他人听来会怎样；如果一位很亲密的朋友，年纪相仿，如此健康、积极、活力四射，突然躺在北达科他州法戈市的重症监护病房，而且相关病例少之又少，我会做何反应呢。

我们俩的父母都将在当天早上11:00前抵达法戈，11:30

就能到医院。运气好的话，他们会在明尼阿波利斯市转同一个航班，一起到达这里。我回到大卫的病房，继续在仪器的吱吱呀呀和有节奏的哼鸣中，守候他。

我的大脑还是无法理解这一切，无法将大卫身体里实际发生的灾难和他这副沉静、温和、休憩着的躯体相联系。他看上去依然散发着英气，一脸平静。认识大卫这么久，他的皮肤总是非常好，双颊泛着红晕。这点着实让我嫉恨——从床上爬起来，哪怕只睡四个小时，哪怕长期缺乏日照，他总是气色很好。换作是我，肯定会形容枯槁，如吸血鬼一般。即便那天在法戈重症监护室，他美好的面容依然白里透红，洋溢着健康的气息。

我颤抖地坐着，肚里孩子踢了我一脚，让我知道她就在那里。我对她的举动心存感激，至少证明她还在我肚里闹腾。求您了，上帝。我好害怕。请让他安然无恙吧。请让他醒过来吧。求您了，上帝，请握紧大卫的生命。我记得，多年前在青年合唱团，我唱过一首圣歌：

亲爱的上帝，我那么悲伤；已然无出路吗？

亲爱的上帝，倘若可行，请让这苦杯[①]离去。

① 此处的“杯”，原文作 cup，指的是苦杯，意为磨难。

我抬起头，看到一名护士来换班，清晨的阳光已照亮法戈。她面色温婉柔和，看了我一会儿，皱起了眉头："还有其他人和你一起吗？"

"有，"我回答，"我父母在路上了，他父母也是。"

恰在这时，护士哭了起来。这反应并无征兆，有些唐突，让我心头注了铅般沉重、害怕。"为什么……你为什么要哭？"我吃惊地问。她是知道了什么我不知道的消息吗？我还在幻想着大卫或许能醒过来，他会起来打哈欠、眨眼睛、环顾四周，惊诧于陌生的环境，然后问："发生了什么？"

"只是因为……我知道这对你来说有多难，而且，你现在……"她指了指我的肚子，又看向大卫，"抱歉，有了自己的孩子以后，我变得非常多愁善感。我可以抱抱你吗？"

我让她给了我一个拥抱，尽管这善意的举动其实更多让我警醒，而不是安慰。她知道这有多艰难？可我自己都还不知道发生了什么，我们的以后会怎样——她知道点别的什么吗？难道说大卫醒不过来了？

我不确定是否就在当时，还是前后某个时刻，一个奇怪的想法跳进脑海。我想只能归结为受了惊吓吧，我只是在努力认清现实。我想:大概我们无法赶上夏威夷了，这周末可能也赶不上了。这个想法一点儿一点儿地以一种奇特的方式渗入了我的大脑。上一秒，我害怕我要眼睁睁地看着我的丈夫离我而去。下一秒，又心存侥幸地幻想，大卫也可能醒过来，我们也可能继续一起生活，甚至还能抓住我们期盼已久的“好孕蜜月”的尾巴。

可护士的拥抱把我从神思的迷雾中拽回现实;我们两天内是去不了夏威夷了，甚至这周都不行了。短时间内我们哪儿也去不了。大卫昏迷着，不知能否苏醒。最可怕的是——倘若他醒来，我们也不知道会发生什么，或者，曾经的他，还在不在。

第8章

亲爱的大卫：

周二何时结束，周三又何时开始，你知道吗？这一切发生时，你都在昏迷中，躺在北达科他州法戈市的急诊室病床上。我从未料想会写下这么一句话，描述我们的生活。你睡在轮床上，没有意识，一遍一遍做着扫描；而我，守在病房，像胎儿一样缩着，不知你现在是生是死。医生们根本查不出来，你脑袋里到底怎么了。

那天早上，他们试了很多法子唤醒大卫。神经科医生走进来，我感到一阵放松，他在边上就好。他看上去很疲倦，但高度专注；

他先问我怎么样，然后转向大卫。

他斜倚在床头，用力按压大卫的胸腔。“大卫，睁开眼睛。”医生喊了好几遍，声音响亮，不容置疑。大卫毫无反应。

那天早上，我们轮流尝试唤醒大卫。他们让我对他说话，握住他的手，依样划圈式地按压他的胸腔，全都不见起色。我们都听过那样的故事，从昏迷中醒来的人们对爱人说，他们能感受到对方的存在，能听到她们的话语，即便身体无法动弹。假如大卫也是如此呢。于是，我一上午都在对他说话，和他讲我们的孩子，给他放他最喜欢的音乐。他仍然没有回应。

看时间，我和大卫的父母快要降落了。我把手机放在身侧，方便及时接到他们抵达后的电话。11:15，医生又回到病房。“我们再试试。”他在病床右侧站定，我握住大卫左手。

“大卫，睁开眼睛。”他按住大卫胸腔，在胸骨处画圈。电话响了，我的注意力短暂离开病床。来电显示“爸爸”。可还没来得及接电话，就看见了意想不到的一幕：大卫眼睛转动了，眨了眨。然后，奇迹发生了。大卫睁开了眼睛。在场的3个人——医生、护士和妻子——瞬间惊呼起来。

大卫看了看周围，然后定睛看着我。“嗨，亲爱的！”我一阵狂喜，看向我最深爱的绿色眼眸。我清楚地记得，和大卫初次约会时，我多么喜欢他的双眼。长而密的睫毛（我一直希望能遗传给女儿）覆着他杏状的眼眸，深绿中夹着几抹金黄。我一直爱他的双眼。而那一时刻，看到这双眼睛，我含着热泪，报以微笑。“嗨，亲爱的！你醒了！”

大卫看着我，没有说话，表情有点茫然。他眨了眨眼，不见任何情绪。我坐近了些。“亲爱的，你在北达科他州法戈市。你在飞机上出了点状况。不过现在，你安全了。这里有最好的医疗条件。我会陪着你，爸妈和安迪也在。他们刚才来电话了，很快就到。”

大卫眨了眨眼，表情木然，没有说话。

“让我们看看他能否听懂指令。”医生说，“大卫，握住你妻子的手。”

眼睛又眨了一下，表情里依然空无一物。我又凑近些，与他目光相对。“握住我的手，亲爱的。假如你知道我有多爱你，就握住我的手。”

亲爱的大卫：

我对你说，假如你知道我有多爱你，就握住我的手。结果，你握住了，紧紧地握住了。

第9章

初次醒来，简单几个动作后，大卫体力耗尽，继续睡去。不过，在那之前，他的父母和哥哥都见到他双目微启。病房里的空气瞬间活跃起来，大家欢欣鼓舞，深感宽慰，相互拥抱、击掌。大卫醒了！虽然昏昏沉沉、身体虚弱，可他听到我说话了，有回应了。他听从了一个指令，还做出有意义的动作。

“他样子很强壮。”大卫睡着前，我爸看着他一动不动的躯体说。没错，他很强壮。外表上看，他依然一副饱满强健的运动员体魄——宽阔的胸腔、强壮的臂弯、健康的肤色。只是，他还插着管子，一呼一吸都靠导管调节。因为基础机能不受大脑控制，他的膀胱要靠导尿管定时清空，注入一个貌似密封袋的装置。由于飞机上被喂食橙汁，他感染了肺炎，得连一堆管子和塑料袋清肺。他身体多处插针，胸腔、头部都连着导线，各类检测仪的咔嚓声、哔哔声时刻提醒我们，他的状况还很不稳定。他的头发乱成一团，布着太多心电图导联线。不过，他的身体依然看上去很强壮。

经全家商议，我们决定轮流值守。不知道要在法戈待多久，我们就在附近酒店订了好几个房间，做好持久战的准备。确实，我们没有别的计划了，一切都在变化当中。对于我，一个素日爱制订计划的人，这一切很陌生、不舒适，还担惊受怕。我讨厌处于两眼一抹黑的状况中，完全不知道可以做什么。我讨厌没有计划。

家人们负责处理从亲朋好友那里涌来的成百上千个电话、邮件和短信，这样，我就可以集中精力照顾大卫。虽然职责已转托他人，可我知道，每天都有潮水般汹涌的祈祷、爱意和关怀来到身边。一位朋友设法把食物送进病房，这样我们就不需要离开大卫身边。另一位朋友花了数小时给酒店、航空公司和旅行社打电话，为我们把业已破产的“好孕蜜月”开销尽量追回。

那天我和两个人通了电话。一个是我姐姐艾米莉，她在新泽西家中和我一道流泪。怀着 8 个月的身孕，家中还有个牙牙学语的幼儿，她无法飞到法戈来。“真希望我能过去陪你，”她说，“这简直太不公平了，艾莉，我很抱歉。”艾米莉告诉我，她两岁的女儿、我的教女，成天都嚷嚷着要给大卫打电话。

第二个是大卫的同事。消息在拉什大学传开，大家热切希望能帮到大卫。我接到大卫朋友、同事耶尔的电话。他告诉我，已经把大卫中风的消息传给了拉什神经内科，他们都强烈希望能把他接回拉什大学，那里有世界一流水平的卒中医疗团队，以及全国顶尖的神经科重症监护室。耶尔给我介绍了神经内科的一位医生。他曾经与大卫共事，再次强调希望他的科室能为自己的医生诊治。“艾莉，我们希望大卫能回到拉什来。可是……他现在病得很严重。我们不能移动他，只能等他稳定了，能坐飞机为止。”

这些话又让我胃部一阵抽搐。他病得很严重。我知道这事实，可听别人这么说还是让我不寒而栗。

那天晚上，我从医院走到酒店，手里一直攥着一张纸条。纸条上写着大卫护士的直线电话。她向我保证过，晚上随时接听我打来的问询电话。此刻，第一次环顾这座城市。我们就这样突如其来。时值初夏，一个温暖舒适的夜晚，法戈逐渐展现生气，主干道上熙熙攘攘的人群，餐馆酒吧里流动的音乐，欢声笑语、觥筹交错、把酒畅谈。在芝加哥，人们定会好好欢聚，一起迎接温暖时节的回归——我想法戈这样的城市应该也一样。途经几户人家，亮着灯，电视上播着晚间新闻或歌唱比赛真人秀。我想象着窗内的人们，过着各自的生活。今天是周三，一个工作日的晚上。下班回家，洗碟刷碗，想着明天或者周末要做点什么。我羡慕他们所有人。

那晚，我独自待在酒店房间，给医院打了好几次电话。“他面色沉静，没有蹙眉，表示没有痛苦。”好心的护士告诉我。接着，我打电话给住在得克萨斯州奥斯汀市的哥哥泰德和他妻子，请他们和我一起为大卫祈祷。酒店房间里，我坐在靠插座的地板上，手机没电了，一边充着电，一边和他们祈祷、流泪。之后，我支撑自己站起来，一头扎到床上。

亲爱的大卫：

昨晚我做了个梦，你告诉我说，耶稣把你捧在手上。你向耶稣说明情况：你在飞机上突发中风，你的妻子正怀着孩子，我们第一个孩子。

“是的，我认识你，”梦里的耶稣对你说，“我知道你的故事。我想告诉你，我听到很多人为你祈祷，多到超过其他任何人。我听见了，我会看护你。”

一觉醒来，这个梦让我很欣慰。我感受到一种平静，因为大卫和我获得了来自全世界的支持，那么多亲人朋友牵挂着，他们在为我们祈祷。假如祈祷真有魔力，如我所相信的那样，上帝很可能会听见。

第二天一早，我看到露易莎坐在床侧，头埋在腿上，好像睡着了。我走进病房，她转向我。“睡着了吗？”我问。

“没有。”她摇头，“我只是在祈祷。”

我挪了张椅子，在她旁边坐下，盯着大卫一动不动的身体。他穿着宽大的病号服，身上插了很多针头，间或出现血斑。我看着这些血斑，有锈棕色的、猩红色的，针刺时间不一，血色也有差别。身为英专学生，我尤其痴迷莎士比亚的文字。莎翁戏剧中，极其强调“血”这个词——并非以一种可怖的、毛骨悚然的、让人联想到万圣节僵尸的方式，而是通过家族血统、仇恨积怨、法理性和权力来表现。亨利五世娶了一位法国公主——宿敌的女儿——因为她流淌着法国皇室血脉，他便希望两人结合可以平息战火，重建英格兰。哈姆雷特遭邪恶的叔叔克劳迪亚斯迫害，因为他承继了被谋杀的老国王的血脉。还有，在《罗密欧与朱丽叶》中，很显然，跨越几代人的家族仇恨造成了那么多的流血伤亡。即便在喜剧里，比如《皆大欢喜》，女主人公罗莎琳德被迫逃往亚登森林，也因为她是父亲爵位的合法继承人。

而这不光体现在莎翁的剧作中。从《圣经》到《指环王》，再到《权力的游戏》，无一不是在探讨这个话题。即便《哈利·波特》系列，也触及血统、法理、继承和权力。赫敏不是纯种巫师出身，所以被诮称为“泥巴种”。韦斯莱家族被贴上“血统叛徒”

的标签，因为他们尽管自身血统纯正，却总喜欢和麻瓜打交道。

我非常讨厌抽血，看到针头就会喘不上气。可文史作品中出现此类主题，却让我觉得有趣。安娜·波莲之所以被谋杀，正因为无法给丈夫产下男性继承人。战争因此爆发，手足因此相残，家庭和国家因此分崩离析。文学和历史中类似事例层出不穷。

那天早上在法戈病房里，坐在大卫母亲身旁，看着大卫身体上的血渍，我想到了这些。我想着血脉，和很多东西一样，是代代相传的。大卫给我们的孩子注入了一半基因，这是既成事实。不管大卫发生什么，如若孕期顺利，在他中风 4 个月后，就会有个孩子，身体里流淌着大卫的鲜血，这点确实让我欣慰。可是，我希望大卫给她的，要多得多。我希望她能认识他、爱他。我希望他能帮我抚养她、爱她、教育她。大卫必须醒来，必须是我认识的大卫，这样，我们的女儿从父亲那里承继的，就不止血脉和基因而已。

我转向婆婆，两人都看着这血渍。我说："我的女儿会淌着相同的鲜血。"

露易莎点点头。或许她觉得这话有点奇怪，肯定是奇怪的吧，可她没说什么。

我问："我们可以一起祈祷吗？"她点点头。我们轮流握着他的手，大声祈祷。之后，我用 iPhone 播放了几首圣歌，我们唱给大卫听。

我相信我中了“父母彩票”的大奖，而且还中了两次。我的婆婆是我所知最善良、最坚强的人。她在亚拉巴马州伯明翰市出生和成长，既是柔情的南方淑女，又是性格刚毅的铁娘子。露易莎所做的每件事都是对的——她每时每刻都在为他人考虑，有时还会损害自身利益。我从未见过任何人像她那样为爱无私奉献。

我的公公是科学达人，绰号“硝基·尼尔”，因为 10 岁那年，尼尔森用儿童 DIY 化学材料自制了硝化甘油——一种强力炸药——然后很自豪地带到学校里展示。尼尔森是个诚实坦率、理性又很有个性的人，一个“非黑即白”的现实主义者。我婆婆却能洞察一切，付出爱，理解每个人性格里的灰色。他们是完全相反的两种性格，却能够以最好的方式相互吸引。一个实用主义者，一个乐观主义者。露易莎是家里的支柱，人生中最大的快乐就是她的孩子们和孙子孙女们。那一刻，我突然意识到：作为大卫的妻子，我是人们理所应当担忧的人，可他母亲内心的伤痛毫不亚于我，甚至可能更多。这是她的孩子啊。这是她的血脉。她是最合适与我并肩而立的人，更重要的是，与大卫并肩而立。毕竟，大卫和我一起创造了肚子里的小生命，可 30 年前，露易莎给了大卫生命和血液。她和尼尔森，与我站在一道，守候着大卫。而他们守候他的方式，或许无人能懂，我也不例外。

第 10 章

重症监护室第三天，虽然大卫依然全身插满管子，多数时候没有意识，连着更多导线，医疗团队还是认为，他已经比较稳定，能承受从法戈到芝加哥的救护飞机转移。大卫的同事们在拉什迫不及待等着救治他。飞机上除了大卫和急救队，只能坐下两个人，我们决定让他父亲和安迪随行；万一飞行途中出现医疗状况，他们还能帮上忙。而我则与大卫母亲、我的父母一起搭乘同时段的航班。

在医院病房收拾行李，我想起大卫曾经给我讲过被资深外科医生训斥的事，因为他在急诊室没有给患者摘下婚戒。假如患者发生水肿，戴着的这枚戒指会造成供血不足，最后不得不把手指截掉。万一大卫在飞机上突发状况呢？“安迪，你觉得有必要把他的婚戒摘掉吗？”

“那样最好。”安迪表示肯定。

那戒指怎么办？怎么从法戈安全送到芝加哥？我没带链子可以挂在脖子上，手指尺寸也不对。“可……可不可以请你帮忙戴着它？”我问安迪，提这种要求有点尴尬。

安迪点点头，戴在右手指。我们开了个鄙陋的玩笑，说别人可能会以为他一夫多妻。

当天，父亲本该出现在新罕布什尔，出席竞选活动。现在，既然他决定来法戈陪我，便自然去不了。媒体已开始揣测，为何他无故取消新罕布什尔之行，坊间谣言四起：帕塔基打算退出了？他从来都是个细心周到的父亲，不假思索来陪伴我，既没发布推迟总统竞选的声明，也未作任何解释。仅一会儿工夫，国内媒体了解了实情，消息开始散播。一波激起千层浪。父亲的一位竞选对手杰布·布什打来电话，说他和家人都为我们祈祷。我的推特账号也炸开了锅。我姐姐让大家在梵蒂冈做弥撒，我们的好朋友赫尔曼·弗里德曼让一群人在耶路撒冷祷告，加利福尼亚的朋友让一整个修道院的修女们为我们祈祷，得克萨斯州的家人们不分昼夜为我们祈福。

说不清楚，最初那几天，我是怀着怎样怪异而混乱的心情。

我很害怕——害怕大卫好不起来；害怕同样的状况再发生一次，大卫或许就醒不过来了；害怕我们曾经的生活一去不返。我心伤不已。好几次，我躲进自己父母或他父母的怀里哭泣。我甚至问我母亲，我是不是要成为寡妇了，我的孩子会不会失去父亲，她不知道父亲曾多么渴望见到她。电影《乱世佳人》中的一个场景浮现在我的脑海，极度悲伤的斯嘉丽·奥哈拉身着黑衣，对她母亲哭泣："我这么年轻就要成为寡妇了。"

可多数时候，我处于一种神奇的冷静中。或许因为抗拒，或许因为震惊。又或许两者皆有。骨子里，我依然相信，这么多人都站在我们这边。我们以最热切的态度向上帝祷告。我们的祈祷他能够听见。况且，尼尔森和安迪在，我们就能获得尽可能好的医疗条件。我们在哥伦比亚大学、拉什大学，以及全国医学院的朋友们都在研究大卫的病情。我内心知道，大卫正被一种难以置信的力量包裹着，那是用爱与支持、积极与乐观织就的。没错，我依然害怕、伤心、沮丧，可与此同时，我也不可思议地由衷自信、感激和平静。我相信，大卫最终会挺过去——我们会一起挺过去的。

过了法戈机场安检，我们到赛百味吃午餐，那感觉很奇怪：我们一刻也没忘这是何地、为何来这里，可我们谈论的却是再普通不过的事。我们讨论普通薯条和低卡薯条的口感有什么不同。

我母亲在给我们解释，为什么和其他行李箱比起来，最喜欢如今的这只。旁观者大概无论如何也猜不到，我们是为了陪伴一位命悬一线的家人。

整整两小时飞行中，我望着窗外，在云层中搜寻载着大卫前往同一方向的飞机。一落地，我收到了安迪的短信。他说大部分飞行时间里，大卫都醒着。安迪和他解释这是哪里，发生了什么，还有为什么要去拉什。他问大卫能否听懂，大卫点头回应。

从机场打车去拉什大学途中，我焦躁不安。正值高峰期，车开得很慢。“他醒了，我却错过了！假如这是他唯一的记忆，我却不在，我没有在他身边安慰他。”

“艾莉，”我父亲温柔地说，“如果大卫很清醒，想着你在哪里，相信我，这是好征兆。不用为此沮丧，我们都盼望这一刻的发生。”

我们抵达拉什大学，来到大卫病房。真是奇怪啊，我们又回到了大卫日夜工作的地方，只是这回他不是医生，而是病人。

我们见到了大卫的哥哥迈克和其他直系亲属，医院给我们准备了一个大房间可以聚在一起。我的侄儿侄女们在偌大的房间里上蹿下跳，很高兴来了个新地方，还有这么多大人的关注。3个小家伙的天真嬉笑和打闹充斥着房间，反倒有种近乎家庭团圆的节日气氛。

其中一个孩子在沙发上跳着，另一个在家具间蹿着。我心烦意乱、情绪低落、筋疲力尽，只能关注涉及大卫的问题。这欢乐的场面，又是孩子又是团聚的氛围让我承受不了。我不可能像上次见到他们时，仅仅一周前那样，和这些小孩们欢笑、嬉闹；也无法故作镇定回答人们善意的提问，对我的嘘寒问暖，或聊些无关痛痒的话题。是的，情况不太好，我的整个人生被击垮了，而且我还不知道能否以及如何弥补这一切。我说了声抱歉，退回大卫空荡荡的病房，我在这里等他，从最新一轮化验、扫描中回来。

独自站在病房，等着大卫，我望向窗外这座城市：我们回家了，回到芝加哥了，然后呢？这不是什么一时的状况，像我们在法戈住的酒店，终究要退房的。这是现实——一种全新、严酷、最不希望见到的现实。这现实我们从未预料，丝毫不想参与，却终究无法逃离。

第11章

2009年，纽约

大卫第一次提出订婚是那年夏天。当时，我正要从下东区拥挤的合租公寓离开，搬进自己的住所。

我们去我们最爱的店吃早午餐，那是下东区的一家洞穴式餐厅，名叫“泥巴”。纽约人很喜欢来这里，因为这里的咖啡很浓郁，鸡蛋分量也很足。既然搬出来了，我想，话题自然会落到何时住到一起，把彼此关系从约会推向更正式、成熟的阶段吧。大卫一边吃，一边蜻蜓点水地讲到订婚，言语间不太露痕迹。我记得自己深吸了口气，大概露出了惊愕的表情，试图转移话题。

“你知道，应该让我某个时候讨论这话题的吧？”他说，眉毛扬起，“订婚……结婚。”大卫一旦知道自己想要什么，就不会改变。假如完全随他，大卫每天会吃一样的午餐——他对火鸡三明治的热衷从未改变。我不是把自己比作火鸡三明治，只是说，这个人完全知道自己想要什么，然后一心一意。如果只能用一个词形容大卫·列维，很显然，“坚定不移”。他对我的爱从来都坚定不移。

有一次，大卫看我时入了迷（哎，日子本该是那样的，不是吗？），为了表达倾心爱慕，大卫把我唤作他的“新娘”。事后我告诉他，把我吓坏了。我还那么年轻。我还很不成熟。我完全没准备好变成谁的新娘，更不用说妻子了。

之所以迟疑，主要是我觉得彼此都还需要成长。我们才刚毕业几年。大部分同龄人和朋友还压根儿没开始考虑结婚的问题——大部分人甚至还单着。我担心，我们都太年轻、太不成熟，在这偌大的城市、20 多岁的年纪，还有太多不确定性。

让事情更为复杂的是，大卫和我工作都不太顺心，这不禁对我俩感情起了反作用。医学院阶段是大卫学术生涯至今最大的挑战，他经常感到压力重重、筋疲力尽，或两者皆有。无忧无虑的大学时光悄然流逝。那时候，最让他感觉压力的不过是一场长曲棍球比赛，或是加了点难度的有机化学考试。现在，离申请住院医师培训没几年了，容不得出半点差池——时而，他面对的病人命悬一线——大卫感觉压力很大，他必须非常努力，才能获得更好的培训和职业选择。

从事新闻行业，依然让我觉得不开心。工作并不适合我，而且待得越久，越不快活。我知道自己想辞职写小说。我也还没放弃长久以来的梦想：合适的时候，想去巴黎生活。可如果嫁给大卫，这些还能实现吗？身为妻子，我必须将另一个人的利益视作与我的同等重要——或许有时比自己的更重要。我做好准备了吗？准备好结束“我”时代，从与“我”相关转向与“我们”相关吗？

与另一个人合并生活轨迹前，我必须先有更坚实的基础。首先，必须厘清我的职业处境。从事新闻工作几年来，我已经断定，新闻这条路不适合我。业余时间我喜欢创作小说，几年后，更是乐此不疲。手头有了两份完整的手稿，也和好几位文学代理人谈过出版。现在，我打算正式放弃新闻，尝试写作之路。

我认真考虑着，辞职后去一趟巴黎。法国的表姐邀我夏天去参加婚礼。泰莎姨妈和我母亲说，她计划举家从日内瓦搬到巴黎——他们在巴黎有间公寓，秋天才会搬过去。也就是说，春夏两季,房子都是空置的!衔接得太完美了。要不然春天辞职,搬到巴黎住几个月,夏天参加婚礼?我早就为工作变动存了点钱,而且,泰莎姨妈肯定会盛情招待我,再加上我把纽约公寓转租出去的收益,这样就可以坚持到秋天。然后,我再回到纽约,重新找工作,维持生计。

某天,和一个闺蜜晚餐时,她好心问我:“你不担心如果搬去巴黎,你们的感情会出问题吗?”

可我从未担心我们的感情生活出状况。去年夏天,大卫随医疗队去危地马拉实习,分开几个月确实有些不适应,这点我承认(每天,我都在日历上划掉一格,心想离他回来又近了一天);可是,两地分隔从未对我们的感情造成任何实质性影响。这次也不会。大卫是我的磐石,即便我憧憬着远方,他也依然在原地等我。夏天我就会回来,而大卫哪儿也不会去;正是因为他的爱,我才敢于梦想、敢于改变。

那时,我才意识到,大卫不仅没有阻碍我做这些事;而正因为大卫,我才有勇气想象这些事。因为大卫,我才足够自信地辞去一份稳定的工作,飞去巴黎。把我不确定的、未知的职业梦想变成现实,要承担太多风险,还得相信一切都会好;正是大卫的坚定不移,让我觉得安全,即便我将做出无比重大的改变。

那时，我才发现，虽然需要成长的地方很多，可我能想到的人生中每件有价值的事，都有大卫参与其中。离开大卫的念头是荒唐的、可笑的。就像没有了空气。不管哪种生活，我都希望大卫在那里，在我身边。

第12章

亲爱的大卫：

成千上万人向我们伸出关爱之手，我都尚未回应。人们的祈祷不断涌来。于是今天，我决定写一封长邮件。早上8点，我准备开始写。可紧接着，这一天就来了；你震惊了所有人。9小时以后，当我再次坐下完成这封邮件时，内容已完全不同于今早的设想。

周五，是我们在芝加哥拉什重症监护室度过的第一个整天。早上走进医院，原以为大卫应该还睡着，我打算给家人朋友写一封长邮件，告诉他们，我们已经从法戈回到芝加哥，优秀的医生团队已经接手大卫的病情。自从大卫周二突发中风以来，我还没怎么好好回邮件、电话或短信，而我也知道，世界各地的人们都在期盼我们的消息。

那天早上去医院前，我祈祷大卫今天能睁开眼睛，向爱他的人们做出回应。去拉什的出租车上，我心想，或许又要失望了。到目前为止，他只非常短暂地睁开眼睛，大多数时候还是无意识的。没人知道他何时真正“醒来”，何时认出那些爱他的人，或展现一些过去的影子。记住，走下出租时我对自己说，怀抱希望，但未必如愿，做好心理准备。

我乘电梯而上，穿过大厅，拐个弯来到大卫的病房。完全出乎我意料的是，大卫居然坐直在床上，绿色的双眸睁得很大。他认真地看向我、观察我，直到我的脸上绽放笑容。“嗨，我亲爱的！”我大声叫出来。

我拉起他的手，握紧。护士问他我是谁，让我彻底震惊的是，大卫笑着回答：“艾莉。”

“艾莉是谁？”护士问。

他简短停顿，然后说：“我妻子。”

“你们结婚多久了？”

“4 年。”

我兴奋得难以自已。坦白讲，假如大卫这辈子还能说话，我以为至少也得等几个礼拜。我不知道他还能否记得我，也不知道会发生什么。所以，这一刻是纯粹的、突如其来的喜出望外。

我所知道的中风病人，一般情况下，要么部分瘫痪，要么全身瘫痪。我想过大卫无法走路或无法抬手。我想过他半张脸不能动，或咬字含糊不清。

可大卫的中风不是这样的。他的中风没有造成颅内出血，而是导致了丘脑缺氧；他最煎熬的是认知缺陷，而非物理缺陷。

身体方面，大卫依然强健，那天看他体力完好，我们都无比振奋。早上，他倚着步行器走了几步，站直身体刷了牙。下午，他在这层楼里走了一圈。他回答了关于芝加哥体坛的冷门问题，从照片里认出几位亲友，还就着报纸念了几个句子。

因为这一切，我们整天都很忙碌，直到晚上我才开始写那封长邮件，而此刻，我可以把这一天的胜利都娓娓道来。结尾处，我写道：

所有这一切都让我更加坚信，大卫是我所认识的人中最坚强、最努力、意志最顽强的人，为此，我深深叹服。你们在世界各地为大卫所做的祷告，加上这些出色的医疗人员的救治，已经带来了奇迹。

我们面临的是马拉松，而不是短跑。有些日子鼓舞人心，也会有些日子辛苦难熬。对于大卫这样的中风，肿胀最严重的状况大概会出现在第5天，而且是不可避免的，所以未来几日，第4、5、6天，我们还会遭受挫败。所以，请继续为大卫祈祷，给他送去最好的心意。让爱继续到来，因为我们都能真切感受到。我们迫不及待等着大卫康复，让他能够回报你们充满爱的祈祷和话语。

虽然这封邮件信心满满，可不确定因素还是很多。大卫的父亲，一名神经学家、自称悲观主义者，说“知道太多未必是好事”；他提醒我们，这些初步进展虽然鼓舞人心，却算不得喜出望外。大卫中风受损部位是丘脑，而这本来就不会制约他的行动能力，所以，大卫身体机能完好只能说是合理的。

尼尔森警示，我们真正应该担心的是认知缺陷。丘脑可谓大脑的“中央车站”，或“四分卫”，在大脑一切运作中起协调作用。大卫脑中所有的数据，好比“火车”，依然会来来往往，可是没有了中央车站，这些火车将无法联结。

安迪这么解释：试想他的大脑是一台电脑。硬盘（长期记忆，大卫30年生活已然累积的所有信息）还在，可连接、运行所有数据的软件——丘脑——被摧毁了。数据输入和输出变得毫无意义。他的“硬盘”突然在脑中被架空，无法输出30年来积累的数据。这就可以解释，那天早上，为什么医生让他说出指定物件的名称，大卫就是无法表达“钢笔”这个词。可或许最让人害怕的是：没有了健康的丘脑，大卫也无法输入或存储新信息。大脑“软件”停止运行，我丈夫可能再也没有新的记忆了。

丘脑受损是个毁灭性的打击。拉什团队的一名医生告诉我们：“基本上所有医学院学生都知道，假如测试里出现‘大脑哪个部位控制着 x 或 y 功能？’他们都会回答‘丘脑’。多数都是正确的。丘脑差不多与一切息息相关。”

不止如此，大卫的中风类型，具体来说，在他的年龄和体格状态下患此类中风的案例，在医学文献中少之又少，甚至没有任何研究表明，可以恢复到何种程度，以及该如何疗养。

大卫活下来了，可他的丘脑留下两个大洞，好比埋葬坏死神经元的凄凉墓地。这些神经元在很大程度上决定了大卫之所以成为大卫。我们还不知道，现在大卫留下了多少，有多少可以通过时间和休养重新获得，还有多少已经永远地失去了。

第 13 章

2010 年，纽约北部

我的祖母佩奇心思细腻、待人和蔼，可她并不总是含蓄。尤其当大卫出现的时候，她更是毫不掩饰地表示，她非常喜欢我的男朋友。

上大学时，有次大卫去我父母家，我们顺道去看望祖母。在我大部分童年时期，自从爷爷去世，佩奇就住在靠近我父母的地方，数年如一日。对我们 4 个孩子来说，佩奇祖母永远守在那儿，给予我们无偿的爱。祖母的母亲是爱尔兰移民，父亲是意大利移民，整个成长过程中，她的生活条件很局限。于是，佩奇的生活目标就是为家族下一代提供关怀和支持。她一生艰苦奉献，自己看来却意义非凡，因为我们的成功就是她的成功，我们的快乐就是她的快乐。

那回，祖母正在厨房为我和大卫煎鸡蛋（她热衷煎蛋，大概是因为年少时赶上经济大萧条，晚上她总要到餐厅值夜班）。“来给我们拍张照，”祖母边说边放下锅铲，擦擦手，90 岁的脸上露出腼腆的笑容，“我想和大卫合影。”

“好吧。”我说着，举起一旁的照相机。然后，祖母就靠向大卫、凑近他的肩膀。大卫也回应这个举动，搂住她的肩膀，很快，这两人就摆出了一副很适合毕业舞会或蜜月照的姿势。祖母眼睛里泛出少女般的光芒——大卫来的时候经常如此。

祖母和大卫，他们俩互相喜爱，打从一开始就这样。“你祖母是帕塔基家族第一个真正欢迎我的人，让我觉得自己是这个家的一分子。”大卫对我坦白。

我很高兴，如此讨得祖母欢心和赞赏，大卫已不知不觉扫清一大障碍。祖母在我心里举足轻重——大概有种志趣相投的意思。在遇见心有灵犀的大卫之前，祖母就是我的灵魂伴侣。所以两个我最喜欢的人，居然如此自然地相互吸引，我简直不能更满意。

“你们俩什么时候结婚？”每当我回家来，大卫不在边上，祖母就找机会问我。

我翻了翻眼珠，貌似不耐烦地冲祖母笑笑：“奶奶，都 21 世纪了，不兴早早结婚的。”

“为什么不呢？”祖母耸耸肩，“一个男人那样对你笑！可别让他跑了。”

日子一天天过去。我们大学毕业了。最初几年，大卫在医学院继续奋斗。“你们俩什么时候结婚？”每次见我，祖母总是要问。

“他上医学院的时候不行。”我说。

“为什么不行呢？”她问。

“医学院太苦了。他工作很辛苦。他还是个学生。”

然后，每次我过去，祖母的问题就变成了：“大卫医学院还要读多久？”

含蓄？她才不会。

“奶奶，你是什么时候知道，自己想嫁给爷爷的？”有天下午我问她。

她略想了想，目光游走在一张张黑白老照片上——她曾是那个微笑的姑娘、新娘、年轻的母亲、祖母，然后是曾祖母。“你说到点子上了，”她说，“当你意识到，已经无法想象没有他的日子该怎么过的时候。”

“你当时这么想的吗？”我问。

“是啊，当然。而且，”她说，耸耸肩，“我知道他没我也活不了。”

终于，后来有次去看她，祖母连假装含蓄都不愿意了。“他还有多久读完医学院？”她开门见山。

“几年吧。”我回答，很清楚她在想什么。

祖母的眼睛瞪得老大。“几年？你不会让他等那么久吧？”

“为什么不呢？”我问，“急什么？我们都那么年轻。”

她两手一合，布满褶皱的无名指上，依然戴着祖父很多年前送给她的小小的钻戒。“艾莉，遇到大卫这样的男孩子，你应该要珍惜。不要等太久。会有其他女孩儿看到他的好，他也可能突然觉得厌倦了等待。”

这些话很精巧、有年代感，属于典型的祖母辈谨慎小心的规劝。她在大萧条时期恋爱、结婚，那时，女性还没有太多机会接受高等教育或发展自己的事业。可即便我咯咯一笑、耸耸肩就把忠告弃之不顾，还是发觉脉搏稍许快了些。

其他女孩儿？和大卫？大卫最后决定娶别人而不是我？这可能吗？想到这个，我有些害怕。我不愿细想下去。我意识到，已经无法想象没有他的日子。

我不愿想象大卫和其他人在一起，或我和其他人在一起。我一直都觉得我们是理所当然的。我一直觉得这是早晚的事，虽然我总把祖母的提问和暗示当耳旁风。

或许祖母比我想象的更睿智——或许因为她的年龄和智慧，她知道一些我还未知的事。或许在选择终身伴侣的时候，最重要的是不要把任何事，尤其是另一半，当作理所当然。

或许祖母见过大卫以后，为我挑选了他，甚至早于我的决定。有一点我敢肯定，多亏了祖母：那刻我意识到，我真的愿意嫁给这个人，比我向祖母，或向我自己承认的更多。

第14章

很快我就发现，在拉什医院神经重症监护病房醒来的大卫不是我的丈夫。没了“中央车站”，大卫大脑里的“列车”不光到不了目的地——还貌似脱轨了。

大卫完全是迷糊的，医学上定义为一种失忆状态。大多数尝试说话的结果是语无伦次、含糊不清。他的医生称之为“虚谈症”。这结果让人极为伤心，也极为惊恐。

大卫和我总是能“秒懂”对方，这一相互理解曾是驱使我们走到一起的重要特质。起初，我们能够达成迅速、自然的联结。渐渐地，这种精神和情感上的亲密形成了一种属于我们的语言——一种潜移默化的简约表达，有时根本是无意识的，基于我俩开过的玩笑、共同的经历，以及内心对彼此的理解。有位好友曾说："你们相互间说话的方式，和你们跟其他人说话的方式，是不同的。"

而这，再也不可能了。

多数时候，虽然病房里充斥着家人和关心他的人，大卫并不想说话。而当他开口，我根本不懂他在说什么。我一直在想，以前只把大卫的语言、他的思想和精神视为理所当然。而唯有他的这些特质丢失了，因为大脑损伤而不在了，我才发现，它们对于我们的感情和生活有多重要。

眼见着我优秀的丈夫，身体和精神都被这个全新的、无助的、思绪混沌的陌生人绑架，我很害怕。最初，大卫曾尝试交流，讲出一串冗长含糊的独白，尽管声音很难辨识；他对围在病床边的我们说，他承载着世界上所有人的苦痛和罪孽，唯有死去才得以解脱。听上去诡异而可怕，仿佛一个精神病患者在教堂布道，宣扬某种颠倒混杂的神学。

"不，你不需要死。你错了。"安迪说，径直看向弟弟的眼睛。

我的目光从大卫转向安迪，我觉得这回答太过严厉。现在的我，处于一种宠溺他的状态，就像一个徘徊身侧的母亲，对大卫每个细小的举动或尝试都抱以肯定和赞赏。

"他讲这些没道理的话，我们就该纠正他，"安迪说，看看我，又看看他父母，最后看着大卫说，“你不会死的，大卫，听到了吗？今天是2015年6月13日，你在芝加哥。你在拉什医院。你中风了，可你获得了最好的救治，我们都在这里陪你。我们爱你，大卫。你懂吗？”

很显然，大卫不懂发生了什么，但我们会不停地向他解释，直到他听懂为止。希望那一天会到来。

大卫忘记了如何吞咽。这是最关乎生命的、基本的肢体行为，可是需要由大脑控制嘴部、咽喉部肌肉才能完成——即便呱呱坠地的婴儿，出生几秒后就会吮吸母亲的乳头——可大卫的大脑不行。所以，他不能吃固体食物，甚至流食，只好继续靠静脉注射吸收营养。几天后，他通过了“吞咽测试”（没错，真有这种测试），我才能给他喂一种胶质的、面糊一样的东西。他自己握不住餐具，只能坐在那里，系着围兜，听着“张嘴”的指令，就像我们几个月后照顾婴儿时那样。

我瞥了一眼餐盘里的菜单，和盘子里一团米黄色的胶状物，和大卫说：“这是火鸡，你最爱吃的。”我刻意让自己的声音显得活泼一些。大部分营养物质还是靠静脉注射，无数根管子缠在他病床周围，连接着他刺穿多处的皮肤和一大堆医疗仪器、显示屏。虽然大卫可以经由协助走到洗手间，可我们怀疑他并不知道何时需要上厕所，所以他身上还是插着导尿管。管进管出——我丈夫的身体已经无法继续独立运作了，只能由数不清的管子辅助他实现身体的正常运行。

因为中风对大卫脑神经造成了损害，所以他的眼睛不能左右或上下转动。他想看向我，就得转动整个头部，再把目光对准我。而往往，他脸上是一层空洞或茫然的神情，似乎很迷惑，似乎并不能真正看见我。后来我才知道，这是因为他真的看不清我。大卫所见的一切都是有重影的。他看似困惑是因为他真的困惑，可他无法用言语告诉我们。

所有这些——空洞的凝视、混杂不清的语言、无数的线路和仪器、病床上的躯体——都让我觉得，他越来越不像我的丈夫。大卫身在此处，没错，可我默默思量——我的心脏在胸腔内阵痛，思绪在惶恐中飞转——假如大卫的头脑不在了，这副残缺的躯体到底是谁的？

医生们不停地进进出出，身着整洁干净的白大褂，有力地与我握手，询问大卫的行为习惯，以及我们可能忽略的重要细节。他们绞尽脑汁，想要解开这谜团，给这罕见而惊人的中风一个合理解释。我努力记忆着来来往往的名字、头衔和角色。而真正记住的，是每次他们一来，我们就好像接受一次测验，必须回答一串提问：你叫什么名字？你在哪里？为什么在这里？今天几号？

大卫的神经科医生告诉他，我们在芝加哥。几分钟后，大卫又答不出“你在哪里”的问题，我的心就往下一沉。这太奇怪了，大卫能说出乔治·布什参加过耶鲁大学兄弟会（他大学时所在的兄弟会），可就是答不上来，他在哪里、为什么在这里、现在是哪一年。

晚上，大卫入睡后，我打开电脑，继续晚上的惯例，给我丈夫写信。我不想离开大卫，也不想回家——我们那个家现在空空荡荡、太过安静；墙上照片里那个健康、微笑的大卫看着我；佩妮到大门口迎接我，摇着尾巴、四处嗅嗅，再走开去。

等大卫在病床上睡着，我便开始写作。医院仪器一成不变、饶有节奏地哼鸣着，陪伴我回望一天。我意识流般回顾大卫今天做了什么、有谁来探望过。当然，我并不指望能记下漫长的重症监护期间每一个气氛浓重、空气凝固的时刻，我也知道，大卫永不可能记得这些。可是，内心里我还是存了半点希望，或许某天，大卫醒来了，他会好奇，自己度过了怎样的时光，我们又经历了怎样的噩梦。

电脑架在膝盖上，在隆起的肚皮前保持平衡。我写道：

亲爱的大卫：

你知道我心里的悲伤吗？我一直想着，等你稳定一些，就带你回到芝加哥，我们的家。可现在，我们回来了……然后呢？现在我们能做什么呢？最坏的局面，是茫然未知。思念太长，可没人能向我保证，你还会回到我身边。这是我能想到的最深的伤痛。我真的，好想你。

我们残存着一点儿希望，或许大卫还在，中风致使他与我们阻隔，暂时找不见了；可或许在某个地方，他还好好的。所以，我们应该尽可能刺激他的大脑，唤醒他的回忆。我在病房里摆满照片——我们的婚礼照，孩子的超声图像，他的兄长们、侄儿侄女们的照片，还有他在球场驰骋的样子。我让他听最喜欢的音乐。他朋友拉塞尔送来一个电子相框，里面存储了很多朋友的照片。安迪、尼尔森花了好几个小时，把以前拍的家庭视频，拷进一个手持播放器里，让大卫在病床上看。我找来他参加夏令营、高中橄榄球队和大学长曲棍球队的营旗、队旗、纪念品。我还请大卫的同事把他去年参与拍摄的住院医师联欢视频也发过来。

最初的日子里，大卫的医疗团队致力于研究他中风的原因。没完没了的心电图、核磁共振和各种测试之后，我们认为，和法戈当初的诊断一样，大卫突发中风的概率极低，而最终导致他不幸“中奖”的，是个人体质和特定环境因素。首先，大卫腿部一定产生了一个凝块。这也不奇怪，他每周都起早贪黑地伏案工作；当然，也可能是他在飞机上坐着不动造成的。

这个凝块从腿部慢慢往上，来到了心脏。同样，这也并非罕见，因为凝块通过体内的血液流动，有时确实会流向心脏。

接着，重点来了。医生认为，大卫的心脏处于卵圆孔未闭状态。这一现象是相对普遍的，在健康的成人当中，四分之一都会有这样的问题。它指的是两侧心房间有个小孔，而这个小孔，所有婴儿生下来就有。当我们处在母亲子宫时，这个孔就已经存在了。正因此，含有充足养分的血液才能在我们心室之间自由流动，甚至早于肺部器官发挥促进血液流动的作用。在我们出生后，一般来说，这个小孔就闭合了。可大卫一直是卵圆孔未闭状态，对此，他并不知情；其实也没有了解的必要，大约 25%-30% 的成年人都不知道，也相安无事。卵圆孔未闭本身并不导致健康成年人卒中或引发任何健康危机。

然而，对大卫而言，卵圆孔未闭却很可能是一系列噩梦的根源。假如不存在这个问题，凝块通常会从腿部转至右心房、右心室，接着抵达肺部。除非凝块体积很大，否则基本无害。而不幸的是，当凝块抵达大卫的右心房时，他一定做了什么动作，导致右心房压增加（咳嗽，或更可能的是，举起我们的箱子，放入行李舱）。于是，凝块到了左心房、左心室，最终进入主动脉。自此，它便可以出入任何动脉。但这个凝块尚未造成严重的危害。

可紧接着，更加不可思议的事情发生了。核磁共振结果显示，大卫脑部发现了一种罕见的解剖变异，叫作 Percheron 动脉。试想这动脉是一棵树。多数情况下，我们的“树”上都有上百个树枝（小动脉），为丘脑供氧。而发生 Percheron 动脉闭塞时，小树枝都没有了，只剩光秃秃的树干。对多数人而言，一个凝块不算是大问题，因为氧气可经由多个树枝（或动脉）供给双侧丘脑。但是，假如只剩下树干，只留一条动脉，这个凝块便会堵塞整条通道。氧气通路一旦受阻，脑细胞丧失了关键供氧，中脑神经元便大面积坏死和受损。所以，当大卫在飞机上转头问我，他的眼睛是不是有点奇怪时，大脑已处于窒息状态。

如果这故事听起来太复杂、太难以置信，那是因为，它确实极其复杂和难以置信。而且，大卫的情况是非常严峻的。医生们、尼尔森和安迪困惑多日，终于搞清楚这个复杂而罕见的情形。而所有碎片拼凑起来，最终呈现的画面十分凶险。大卫能活下来——毫无疑问——是一个奇迹。

我竭尽所能去理解这一大段医学讯息，可与其在追根究底中越陷越深（既然他身为神经学家的父亲和心内科医生的哥哥都在关注超声心动图、核磁造影和各种医学文献），不如专心想想，大卫需要我做点什么；身为他的妻子，什么是只有我才能为他做的。

再次回归当下严峻的现实。大卫很幸运地活下来了，可是，他能活成什么样呢？他的精神和身体都受到严重损伤；我们的世界已经崩塌，不知该如何补救——甚至，即便我能补救，最终结果会是什么样呢？

所以，尽管大卫还没死，尽管我还不是个年仅 30 岁的寡妇，尽管我还没安排葬礼，更没在葬礼上恸哭我一生所爱的逝去，我已经在哀悼了。我所认识、深爱的大卫，我所嫁的大卫，即将成为我孩子父亲的大卫——那个人已经不在了。我的大卫在飞机上用瞳孔散大了的眼睛看着我，然后陷入了无意识。从医院病床上醒来的，是完全不同的一个人。这个陌生人看我时，眼里只有空洞和迷惑。这个人不记得自己的名字，也不记得我们有个孩子即将出生。

我们曾经设想、展望和为之奋斗的生活——6 月 9 日上午九点之前的我们的生活——已经回不来了。曾经的艾莉和大卫，那对彼此相爱、共同生活过的伴侣，也回不来了。

我们的未来，以及我们的现在，甚至过去，一瞬间被掠夺了、烟消云散了。所以，我用自己的方式哀悼着。我哀悼再无法找寻的丈夫，哀悼曾经的那个自己——曾经的我登上了那架飞机，曾经的我充满自信和勇气面对未来，曾经的我有大卫守在身边，曾经的我那么开心，那么幸运和天真。

望向窗外，我神思恍惚。最近好像常常下雨，这个六月，雨水多得反常。很好，我想，很高兴这是个阴雨绵绵的六月。至少看起来，老天爷知晓了我的心情，给了我回应。假若每天阳光灿烂，我只会觉得更痛苦，仿佛提醒我，其他人都在外面享受一年中最好的时节。如果我还拥有从前的生活，大抵也会如此。而假若能回到过去，我一定要阻止大卫中风的发生。

怀揣这样的思绪，我把自己隔绝在任何社交媒体之外。身为作家，我与读者、博客写手、其他作家们的主要沟通渠道就是社交媒体。日常生活中，我也经常浏览社交媒体。可我知道，现在，这不是个好主意。夏意正浓，人们定是在欢度假期，野餐烧烤，畅游湖面，欣赏风景，或是享受阳光。

此刻我最不需要的，就是登陆 Instagram（照片墙，一款流行的社交应用）或 Facebook，见到一大堆五光十色、美颜美图的照片，见到大家开开心心地围坐在甲板上吃龙虾，或在迷人的日落下品尝玫瑰酒。若是天气晴朗，社交媒体往往会打击我的自尊、毁了我的心情，尤其是看到大家尽情展现生活的精彩。我当然没必要一边浏览他们的生活，一边比对我在 ICU 的场景。社交媒体是迷人的诱惑，让我们麻木、分心，离开当前的处境，进入另一种多彩缤纷的、滤镜下的生活。可是，尽管我愿意逃离，渴望着哪怕几分钟不去想这现实，我也不允许自己这样做。我知道，此时此刻，我必须静静地待在这伤心之所，尽管不喜欢，尽管很想忘却。因为，我相信到最后，一时逃避只会让我更难受，内心的伤痛并不会减少分毫。所以，我宁可沉浸在当下的伤痛之中，这里需要我的全神贯注，需要我的每一丝气力。

可老天爷知道，面对现实有多难。“这对你来说尤其辛苦，因为你喜欢每件事都有规划，你希望能掌控全局。”最初的日子里，母亲这么对我说，“可是，你现在没法制订任何计划，也不能掌控结果。你只能待在大卫身边。一天天过吧，亲爱的。大卫很坚强，艾莉，他一定会竭尽所能对抗病魔。你现在只需要陪伴他。”

我从神经重症监护室的护士和医生那里了解，如何更好地刺激和引导大卫。每隔几分钟，我就会重复地告诉他，我们在哪里，为什么在这里。我喂他吃东西，给他讲我们孩子的事。每天，我都尝试几次，鼓励大卫“出去”走走——我们沿着走廊，在这层楼里走一圈。我鼓励他用眼睛去寻找方向，而不是每次都转过头去；我们看着其他病房里的人们，那么多家庭都默默沉浸在他们的痛苦当中，承受着他们的生死一线。我那强壮的、运动员一般的丈夫倚在步行器上，缓缓地向前踱步；我在旁边陪伴着，一名护士跟在后头。他病号服上绑着安全带，避免不慎摔倒。每次他去洗手间，我都得时刻关注着，还要保证他身体没有脱水。我填写了各种资料，和医生们交谈，和护士们交朋友，了解他的各类用药。

和其他数不清的伴侣或家人一样，我也在病床边守候着我心爱的人，其他事情一概不顾，医院病房就是我的整个世界。

亲爱的大卫：

做心脏检测之前，你看上去很害怕。我问你，是不是害怕，你点点头。于是，我抓住你的手，告诉你我们在哪里，还有，我们都在你的身边，你一定会好起来。我是那么爱你。

或许大卫还是搞不清楚自己在哪里，为什么在这个地方，可我会尽全力让他知道，他并非孤立无援。

第 15 章

亲爱的大卫：

这趟旅途中，我一定会遇到很多守护天使。今天就遇见一位。

第一天来拉什，我就在“亲爱的大卫 .doc”文档里写下了这句话。事实如此；从法戈 ICU 到拉什 ICU，再到后来的康复中心，关心大卫的亲人们，还有很多陌生人，都和我们并肩走过，帮我们度过危机。第一位守护天使是我们在拉什遇见的，他的名字叫奥马尔。

奥马尔 · 拉蒂夫是肺病和危重病医学专家，现任拉什大学医学中心首席医疗官。我记得，来到拉什第一天，就不断听到我们的住院医师、主治医师提到奥马尔这个名字。

“奥马尔在来的路上了。”

“奥马尔和家人在一起，不过现在从郊区开车过来。”

“你必须见见奥马尔，他真的很想和你聊一下。”

所以，我们全家在一间会议室里见到了奥马尔。

从在拉什的第一天开始，奥马尔就接管了大卫——和我们所有人。我们在法戈时并不知道，奥马尔几乎全程都在帮助我们，从促成救护飞机转移，到安排大卫住进神经重症监护病房。奥马尔为我们预定了家庭会议室，让大家聚在一起，年幼的侄儿侄女们也可以跑来跑去、睡午觉（他们不能去神经重症监护室）。奥马尔在晚饭时间为我们准备了一大盘三明治。全国媒体开始出现在医院周围，都想拍到急诊室照片，奥马尔又加强安保，保障我们的隐私。奥马尔确保大卫的所有资料得到迅速处理，从法戈急诊室到拉什心内科到保险公司，各部门都行动迅速、进展顺畅。就像对待其他所有病人一样，他给了大卫最好的关照，并尽快获取他需要的所有化验结果。

有一天，奥马尔把我叫到一边：“你有家人住在附近吗？或者朋友？因为我知道，假如我妻子处于你的境地，她会让母亲陪在身边。她和她母亲有种特殊的感情——就像某种我听不懂的神秘语言。所以，你需要谁，就让谁过来陪你。有人需要酒店房间吗？”奥马尔掏出自己的信用卡，我意识到他是想帮我们订个房间。这个人的慷慨是下意识的、不假思索的。“任何我们能为你们做的，随时开口，你们是自己人。大卫是我们中的一员。”

现在想来，这些细节还是让我恨不得大哭一场。最让人感动的是，奥马尔让自己成为我们的朋友、可以信赖的人，尽管日程繁忙，身为医院高层有诸多职责在身，他还是经常出现。他风格上特立独行、与众不同，既富有同情心、善解人意，又带有玩世不恭的幽默和固执己见的希望。身为丈夫、3 个孩子的父亲、医生、医院高层管理者，奥马尔居然能记得每个病人的名字。更不可思议的是，他还知道每个病人家属们的名字。他还点评了我丈夫的哥哥迈克的新发型！我真的不知道这人哪有时间吃饭、睡觉；任何时候，只要有需要，他都会出现。他会停在病房门口，把我拉出去，给我打气，因为瞧见我在漫长的一天后，脸上写满忧愁和疲惫。

奥马尔会在我们几近放弃的时候给我们希望。他相信大卫的大脑能好，相信大卫的恢复程度会超出我们的想象。“对你们来说，这一切是陌生的、震惊的，可我要告诉你们：我们见得太多了。”听奥马尔这么说,我深深地觉得安心。这不是老生常谈，也不是陈词滥调，或许有的人会好心好意这么说，但根本不知道自己在讲什么。可奥马尔知道。这一切对我来说，确实是陌生的、震惊的。我无法相信眼前发生的一切。可是听到奥马尔和他的医生团队说，其他人也经历了这样翻天覆地的灾难——听到他们说病人能活下来,甚至康复——让我觉得,我并不孤单。

“等一切过去了,你和大卫要请我们夫妻吃顿好的,怎么样?你们必须把孩子留在家里,因为孩子们在场,就没法享受美餐了,等着瞧吧。所以,不准带孩子。芝士汉堡怎么样? ”奥马尔笑着说。我表示同意。“那就这么定了。”

我还记得奥马尔最初跟我说过的话。他以一个朋友而不是医生的身份对我说：“祈祷吧。向任何你信仰的神灵祈祷，向他发问,或者冥想——不管你认为祈祷是什么。我真的相信这管用，以某种我们无法解释的方式起作用。”

甚至有一次，奥马尔冒了很大风险帮我们处理保险纠纷（一旦我们失败，结果不堪设想）。我问他：“你为什么要帮我们这么多？你这么忙，怎么能投入这么多时间、精力和关心，仅仅在我们这一个病例上？”

“因为我相信这样做是对的，不仅作为医生，更是作为一个人。”奥马尔告诉我，“而且我相信上帝，所以我想为上帝工作。我想帮助人们做正确的事情。”

有关信仰和祈祷的话题以多种形式出现在我和奥马尔的对话中。一天，我终于忍不住问：“你经常提到祈祷和信仰。我很赞同。你的信仰到底是什么？”不管是什么，我都想知道，因为我很欣赏。奥马尔在他人生中每一天都践行着上帝之爱。

奥马尔告诉我，他研究过很多不同的宗教，甚至在校期间修过神学，不过他的自我认同是一名穆斯林。所以，一名穆斯林和一名天主教徒，坐在医院病房里讨论信仰和医学；我们都在为大卫想尽办法，寻找最好的资源渡过难关。我不知道奥马尔是否意识到，他不光在救治大卫，也在救治大卫的整个家庭。

那时候，我们唯一能做的就是在恐惧和未知的黑暗中摸索，而来自奥马尔和其他人的支持带来了我们所需要的点点光明。于是，我们才能继续坚持，一步一个脚印地蹒跚前进。

最初那些日子，我们听到了很多安慰的话语，都是些你能想到的句子：

“这是马拉松，不是短跑。”

“一天一天来，不要急。”

“这会是个漫长的旅途。”

“这就像过山车，有高峰也有低谷。”

“前进两步，然后，会后退一步。”

总听到这些陈词滥调，有些厌烦；可经年累月，也发现其中的智慧与真相。这确实会是个漫长的旅途，确实是一场马拉松——可我当时都不能体会。那时候,我们还处于“短跑”阶段。我没想过要保存能量，或准备打持久战；创伤性脑损伤犹如残酷的过山车，我必须让自己撑到最后。我所想的是每时每刻都陪伴在大卫身边，耗尽每一丝气力，帮助他治疗和康复。我时刻告诉他，他身在何处，以及他一定会好起来。

可是，内心深处，我当真认为大卫会好起来吗？不知道。我习惯于收集信息、钻研、找出答案；可如今的处境，或许最难的部分就在于没有答案。掌控局面完全是幻想，大卫在飞机上失去意识那刻，就被彻底击碎。

最初的日子里，我们收到了很多宽慰的话语。而其中，有个人让我抓住了救命稻草——李·伍德拉夫。她是美国广播公司新闻主播鲍勃·伍德拉夫的妻子，亲身经历过照顾创伤性脑损伤病人，而这也改变了她的一生。2006 年，鲍勃赴前线报道伊拉克战争，车队不幸遭遇路边炸弹，鲍勃差点失去生命。此前，我和李已相识多年，最初同在美国广播公司工作，后来又在纽约作家圈子里相遇。中风的消息传出，李联系了我姐姐艾米莉，很柔和地说，我随时都可以找她倾诉——这一淡淡的邀请，不加任何压力，不含刻意的期待。

一个周日的晚上，我接受了李的邀请。大卫在 ICU 病房睡着了，而我也无家可回，因为正准备搬家，我的整间卧室已经塞进打包箱和气泡纸里。几天来，我都在朋友家的沙发上凑合。蜷在沙发里，我给李打了电话，不禁潸然泪下。我们都觉得“万事皆有因”是无稽之谈；谈到我即将诞下孩子有多害怕——我不知该如何一边照顾大卫，一边抚养一个新生儿；谈到诸多未知才是最残酷的事实。李向我保证，一切都会好起来，至少在某种程度上，通过某种方式实现。

“我知道你现在还预见不到，因为这一切太陌生、太突然、太可怕，可我向你保证两点。第一，事情会变得不一样。生活确实改变了，永远都不同了。可还有第二点：即便不同，还是会好的。”李说，“我向你保证，以某种方式，会好起来的。”

我不懂，怎么还能好，可我选择相信。毕竟，她走过和我相同的路，她的话里是有体会和洞见的。她历经与我相似的痛苦的深渊，可最终，把它变成了另一番景致，生活再一次走上了轨道——虽然永不再相同。

“生活再也不可能是从前的样子。可我的鲍勃对我说：你怎么知道生活本该是什么样？谁会相信生活本该是完美的呢？什么是完美？现在谁还在乎？那些理想的场景不过是现实用来折磨你的胶卷，在你脑海里放映一部所谓‘曾经的绚丽生活’的电影。雪崩过后，往日无存。一旦接受生活轨迹已重新规划的事实，我们就能迈向属于自己的世界。在那个世界里，我们还有爱与支持、亲人与朋友、优雅与希望、信仰与美好。”

这些话，我听进去了，一边哭着，一边点头。听这些话，既是伤痛，又有希望。中途我问她：“李，你为什么要做这些？”这是一个初夏的周六夜晚。李有 4 个孩子，有丈夫，有全职工作，还有充实快乐的生活。我不敢相信，她居然和一个哭哭啼啼的人说了一小时的话，而她之前只见过我几次。“你为什么要为我花这些时间？”

“我这么做是因为，或许你现在不信，某一天你的生活会再好起来。而某一天，若干年后，也会有人需要从你口中听到这些话。或许，一个周日的晚上，你坐在自家沙发上，和一个同样需要你的人说话，那时，你也会告诉这个人，不管他们在经历什么，一定能渡过难关。我们说定了，好吗？”

我答应了她。

李说："作为你的朋友，我欢迎你加入'厄运部落'。"

我一点儿也不想加入。当然不，谁会愿意呢？可是，我还是走进来了。那时，回想起大卫的经典摇滚歌单，法戈第一晚我在急救室听过；脑中响起老鹰乐队的热门单曲《加州旅馆》：你可以随时退房，但你永远无法离开。

第 16 章

2010 年 5 月，巴黎

在巴黎的第一天，我顾不上倒时差，从福煦大街西北方向的十六区开始，走过凯旋门，沿着香榭丽舍大街，经过协和广场、卢浮宫、杜伊勒里公园，穿过西堤岛和圣路易岛，抵达左岸。坐在咖啡馆的阳台上，品尝迟来的午餐，看着塞纳河与往来的游船，呆呆地凝望不远处巴黎圣母院的塔尖和滴水兽，不敢相信我真的做到了。我辞掉了“理所应当”的日间新闻工作，把纽约的公寓留给租户，然后，独自搬到巴黎。

不仅是巴黎，更是春光烂漫、盛情绽放着的巴黎。栗树和悬铃木枝繁叶茂，整齐排列在河岸码头。可爱的孩子们嗓音很尖，雀跃在鹅卵石路上，放学了，该回家了。我坐着的地方，还可以听到手风琴声。路人经过的时候，我能捕捉零星的几句法语。我能听到巴黎圣母院隆隆的钟声。回家路上，随意走进一家面包房，给自己买个新鲜出炉的巧克力可颂。尝一口，巧克力夹心还是热的，还没来得及凝固。我的整个灵魂都在欢乐地舞蹈。

大卫完全支持我的决定，他比任何人都了解，我一直都想换个职业。他自己也很忙，处在医学院毕业前的关键时期。更何况，秋天一到，我便回到纽约了。

巴黎是全世界我最钟爱的城市。而在巴黎的时光，治愈了我的心灵。多年工作在不合适的岗位上，压力、高强度工作和不满足感已占据内心，来巴黎正好转换心情。是时候审视自己，思考一下未来的生活、职业和感情，我到底想要什么。在我看来，这是最后一个放飞自我的时机，唯有趁此机会，独自探索和率性生活，才不枉费这富足、美好、转瞬即逝的时光。

我不介意独自旅行；其实，反倒很喜欢。我买了欧洲通票，那个春天，坐火车穿越欧洲。我去了灵动隽秀的佛罗伦萨，拜访那里的家人和朋友；然后坐大巴穿越托斯卡纳大区，去了锡耶纳。我去日内瓦和泰莎姨妈住了一段时间，巴黎公寓正是她借给我的；

我们坐缆车眺望了惊艳绝伦的阿尔卑斯山，爬上了古老的教堂钟楼。我到比利时布鲁日看望朋友夏洛特，一道去她位于奥斯坦德市北海边的家乡旅行；我们吃着炸薯条，喝着比利时啤酒，在市集和广场信步游走。我在法国各地旅行，游览了圣马洛的中世纪古城和布列塔尼海岸（我母亲的家族源于此地），最后去表姐的家乡普鲁索昂斯参加了她盛大的婚礼。

我记得，有天下午在佛罗伦萨，我在街头走着，手举一支意式冰激凌筒；几个硕大的冰激凌球盛于筒上，保持着奇妙的平衡。我飨用这美味，飨用这城市充斥着魔力的每道风景，充分感受周身自由的空气、教堂的钟声、零星的意大利语，以及所有的惊奇。我走过商店、报摊，在狭窄的鹅卵石路上蜿蜒而行，不看地图、不设目标，走得万分惬意。信步来到开阔的大教堂广场，一位店主扬起手，冲我说："美丽的姑娘，你看上去真开心！"

我笑着答："一点儿没错。"

第 17 章

“塑料制的、塑性的。”我从未想过这个词居然可以形容大脑，可大卫中风后的几周，我们经常听到这个词。“神经可塑性”。网上随便一查，就会知道，“神经可塑性”指的是“大脑在生命体中重新形成神经联结，进行自我重塑的能力。”神经可塑性使得脑部神经元（神经细胞）在伤病之后获得补偿，在新环境或变化之下做出调节。

由于缺氧，大卫脑部细胞大面积坏死。只能寄希望于神经可塑性，帮助他恢复健康。所以，神经可塑性成为我们经常谈论的一个词，我们的生命线、口头禅和希望所在。所有大脑都具有可塑特质，即便是阿尔兹海默症病人，到了 80 岁的年纪，也可以并应当努力尝试，刺激大脑功能。所有人都可以尝试提高神经可塑性，即便是最简单的小事，比如左手刷牙，或闭目洗澡。新的体验和挑战促使我们走出思维惯性，刺激大脑形成新的神经通路，保持活跃和机敏。

大脑是人体内最庞杂神奇、难以理解的器官，其再生和进化能力超出科学认知范围。可问题在于：创伤性脑损伤发生后，通过神经可塑性创造“奇迹”的晦涩特质，在人的一生中是不断变化的。影响可塑性的一大变量是年龄。新生儿的可塑性是极强的。稍加观察，你就会发现：他们的大脑变化很快，学习和成长过程中，每一天都是不同的。大脑可塑性随着年龄增长而减弱，年纪越大，可塑性越差。那么，可塑性退化的分水岭是什么时候呢？大约 30 岁到 35 岁。大卫正是 30 岁。

如果大卫晚一年得中风，他被治愈的希望就会锐减。如果 5 年后才中风，他可能根本活不下来。而 30 岁，大卫依然年轻——神经可塑性更强——这是他的一大优势，也提高了他被治愈的概率。

我们需要这种可塑性，因为我丈夫虽然身在此处，精神却不在。我们在医院里对着日历一天天数日子，可大卫依然不知自己身在何处，尽管过去 3 年来他每天都待在这里。尤其让我心碎的是，大卫不记得我们养了一只非常可爱的小狗佩妮。大卫和佩妮曾经如此喜欢对方；登机前我们做的最后一件事，就是看它的照片。有一次，他对我说，我们养了一只猫（我们从来没养过猫）。有时候，他又说我们养过一只黄色的拉布拉多，或者说，小狗的名字叫西娜，是他儿时的伙伴。

6月15日，周一，芝加哥暴雨倾盆。我母亲决定陪伴我几个礼拜。这天，她开车载着我回家。我们以为这么大雨一定得被堵在路上了。广播里说，当天早些时候，芝加哥外围地区出现了龙卷风。“但愿比赛不会取消。”我说。大卫最喜欢的芝加哥黑鹰冰球队当晚将角逐斯坦利杯。

大卫躺在ICU病床上，和好友布拉德一起看比赛；一天下来我有些累，就先回家了。结果，黑鹰队赢了。过去的大卫一定会特别开心。整个赛季和季后赛，他都兴致勃勃地关注着。他原计划去夏威夷看决赛。说实话，那时的我可能根本不关心他的球赛，宁可一个人到海滩看书倒时差，回来时，我大概会看到大卫一脸笑意、兴奋地宣布他的球队赢了。我会因为他的开心，跟着开心起来，但不会因为球队的胜利而感动。

可那理想的生活，再也不会发生了。现在的生活中，我反倒在乎起来。那晚，为了大卫，我从头至尾观看了比赛，看得非常投入。黑鹰队获胜的时候，我哭了。大卫的朋友拉塞尔给我发信息，兴高采烈：“这一幕是献给大卫的！”

我们的公寓面朝西，可以远眺芝加哥河与远处的郊野。站在窗前，我向外望去，那是大卫工作过的拉什大学，横亘在中西部的平阔土地上；还能瞧见拉什旁边的联合中心球馆，黑鹰队便是在这里赢得了冰球界的最高荣誉。焰火璀璨了大片夜空，整个芝加哥都在欢庆胜利，唯独我，站在窗前黯然拭泪。

第二天早上，我来到大卫病房，他已不记得黑鹰队赢了比赛；不记得布拉德专程赶来，陪他边吃比萨边看球赛；更不记得他最喜爱的帕特里克·凯恩攻入了制胜一球。

于是，每晚给大卫写信，意义变得更为显要。假如他某天清醒过来，便能读到这些信，知道自己经历了什么。假如他清醒过来，上帝啊，这字眼太叫人伤心。对于大卫，我喜欢的方面太多了，而最爱的，还是他的头脑。我爱他的思想，爱他的智慧。许多年来，我们之间形成了彼此才能听懂的暗语和玩笑，我们有了很多共同的体验。有了这些，他才是我的大卫。也正因此，这次的打击才让我觉得天翻地覆、无法承受。我宁可失去一臂，也不愿他的思想消失。没有了大卫的思想，我该如何活在这世上？

亲爱的大卫：

我必须耐心一点儿。我只是太想你了吧。

第 18 章

2010 年 8 月，纽约，阿迪朗达克州立公园

我寻思着，大卫差不多要抛出那个问题了。夏天即将过去，我也从巴黎回到了纽约。一个月后，大卫将结束医学院阶段的第三学年，并开始为期一年的独立研究。

大卫的父母也会坐飞机来到我父母家，我们将在纽约北部尚普兰湖的家庭农场相聚。那个礼拜，我感觉大卫会向我求婚，因为双方父母都在，而且亲近自然的清幽环境也恰到好处。连续 7 年学习期间，大卫决定花一年时间做研究，适当调整工作负荷。而且，我俩也能在他申请住院医师培训之前，获得稍许的休整时

间。我已经辞掉了新闻工作，和他一样，以实际行动探寻日常工作、生活中更多的快乐。同时，我们也决定将彼此关系摆在更重要的位置。现在，就是最好的时机。

大卫的父母快要到了。那天早上,我和大卫在湖边码头坐着，只我们两人。我双腿耷拉在岸边，眼前铺展开的，是佛蒙特州的青翠远山，分外秀丽。

大卫看向我，用十分随意的语气说："我想，大概得问你，戴什么尺寸的戒指了。"

我一顿，有些吃惊："啊，什么？"

"你戴戒指的尺寸。假如哪天我打算求婚，总得先知道你戴几号戒指吧。"

我望向湖面，有些无语。呃，我想，所以他才刚想到买戒指的事。看来这周是没戏了。

心下明显一沉。我曾经问自己，到底有没准备好订婚；可是现在，我竟然觉得失望。原来，我已经准备好嫁给大卫了，甚至比我想象的更急切。

那天下午，大卫父母的航班晚点了，再坐船经由尚普兰湖，最后来到我们的农场。晚餐前，他们需要稍事休息，大卫提议我俩带着小狗出去走走。我们离开湖区，沿着山路散步，来到一片长满苜蓿的田野。母亲对我们说，曾在这里见到过四叶草。那个礼拜，大卫一直在埋头寻找，却缺了点运气。

我停下脚步，望向四周的风景。傍晚时分，纽约北部沉浸在柔和的日光里。眼前是一片乡间绿野，一直延伸到尚普兰湖；而湖水另一侧，是佛蒙特层层叠叠的迷人山峦。我根本不想举起相机，因为无论怎样精致的照片，都无法全然捕捉此刻的美好。

“看哪，四叶草！”登至山顶，大卫弯下腰来。我顺着他手指的方向看去。

“没有啊！”说着，我转向他。只见他单膝跪地，手里举着——完全出乎我的意料——一枚戒指。大卫对我说，他已无法想象没有我的日子。他用过往 6 年时光里每个亲昵的称呼唤我。泪水滑落我的脸颊。大卫给我戴上戒指的时候，我的双手不住颤抖。这枚戒指的款式和祖母的那枚很像，因为几年前我曾告诉他，很喜欢祖母的戒指。我们并肩坐在山巅，远眺那片湖水，一起祈祷，一起感恩上帝。

回到家中，迎接我们的是香槟、惊呼和拥抱。超乎一切的甜蜜。

第二天，我们和家人一起散步。大卫和我竟然连续找到了 3 片四叶草。

我们欣喜万分——那天之前一片也找不到，突然间有了 3 片。我们觉得这是吉兆。

我们好好地收起它们，压平了，镶在一张照片上。那张照片，是大卫的父亲当天下午拍的，就在我们找到四叶草的时候。照片里，我和大卫并肩而立，笑靥如花。他晒黑了的脸庞散发着光彩，写满刚刚订婚的喜悦。

我在那张照片上写了题语，把四叶草镶在上边：

亲爱的大卫：

愿我们永远记得，拥有彼此，多么幸运。

爱你的，

艾莉

举办婚礼前 3 个月的新娘派对上，教母送给我一串银色的四叶草项链，以纪念我们的“四叶草故事”。婚礼前夜的彩排晚宴上，我婆婆又给大家讲了这个故事。我凝视着身边的这个男人，整个祝酒之夜，他一直紧握我的手。真想把一切都裹起来，永久保存，携进我们共同的未来里。

愿我们永远记得，拥有彼此多么幸运。婚礼当天，我把那张嵌着四叶草的照片作为礼物送给了大卫。之所以写下那句话，是因为我当时就知道，虽然深爱彼此，虽然结婚让我们如此快乐，可漫长的未来里，一定有那么些时候，我们忘却了今天的幸运。那时，我们会把生活和爱视作理所当然。那时，我们会忘记曾经珍藏的这份祝福，需要这张四叶草照片来提醒。当然，我也知道，即便把这句话挂在墙上，未来的我们还是可能遗忘；而那时候，我们便需要把一切重新记起。

第19章

在创伤性脑损伤恢复阶段，时机是最关键的。一方面，每位神经专家都对你说“我们要慢慢来”；另一方面，你又必须迅速行动，才能在大脑康复期尽快地、更多地弥补损失。时间仿佛戴着两张面具，与你亲疏难测，一会儿是盟友，一会儿是仇敌。

大卫的病情渐渐稳定，再次发生意外的可能性也排除了。治疗团队认为，必须尽快将他移入康复病房，逐渐重建、重置、重新联结那些坏死或受损的神经元。我们考虑了很多选择，可答案其实一开始就不言自明——恢复阶段必须让大卫住进芝加哥康复中心。20多年来，它一直是全国排名首位的康复中心。我们所生活的城市竟有世界顶尖的康复中心，并且离家仅十分钟路程，这简直是万幸。

终于能离开这令人发狂、神经紧绷、枯燥乏味的重症监护室了，我简直开心至极。可与此同时，我也忍不住担忧，虽然换到新的地方，有更多选择权，但我发现自己竟不太愿意放弃这里每天24小时的监控和医疗护理，尽管这既是幸事，也意味着诅咒。我担心，一旦失去重症监护室里护士们专业而精心的呵护，大多数责任都会落在我肩上。万一我忘了大卫何时吃药怎么办？万一遇到紧急状况，我又束手无策怎么办？单单剃须这件事就让我头疼——大卫还不会握剃须刀，以后谁来代劳呢？

恐怕，我心里最害怕的，是每天必须监测大卫的心脏。自中风以来，大卫就全天佩带心脏监护器。既然卵圆孔未闭可能是导致中风的原因之一，而大卫的心内科医生又希望排除其他可能存在的更严重问题，如心律失常或其他心脏先天性畸形，因此，他得佩带一个月的心脏监护器，并且每晚睡前要更换电极。这些电极颜色各异，红的、黑的、白的，必须连接到固定线路，以及大卫胸腔的固定位置。而且，电池必须每晚充电、每日更换。监护器连着一个记录装置，类似手机，必须全天候处在大卫周身10英尺的范围内。随着疗养进程的移动性增强，大卫要从一个房间移到另一个房间，接受各类治疗，也就是说，记录设备必须随时跟着他。大卫当然不记得要做这些琐事，它们自然就成了我的任务。我在家里找了个便携包，每天挂在大卫的脖子上，里面装着这个小设备。就像大家去国外旅行，总喜欢带一个便携包，确保随身财物安全。我已不记得多少次跟在他身后，举起那个小包，仿佛一位母亲举着孩子遗忘在家的作业本，趁他还没踏上校车，呼喊着 :“你忘了心脏监护器！快挂到脖子上去！”

还记得我和大卫坐救护车从拉什转往康复中心。当时，他一副全然失忆的状态，尽管我百般解释，他还是不明白我们为什么要待在车里。坐上轮椅后，他手脚均被缚住，无法动弹。大卫吓坏了，试图挣脱这“枷锁”，况且他本来力气就不弱，挣脱也不是没有可能。他朝救护车门凑近过去，想把车门打开。

“你在做什么？”我尖叫着。车后只有我们俩，万一他真想挣脱，我根本拦不住。

“我不想待在这里。我想回家。”大卫对我说，满腹狐疑地扫视四周。

“我知道，我们很快就能回家。我保证。不过，我们先去康复中心。我们一起去，我会陪着你。那里是全国最好的康复中心，我们会获得最好的治疗。”

虽然讲了很多次，大卫此刻还是望着我，一副不解的样子。他摇摇头，又开始努力挣脱，双手继续解着束缚，眼看就要成功了。“不，我想回家。”他说。

相信我，我也想回家。此刻，高速公路上很拥堵。我看了看六个月的身孕，万一真要靠体力去束缚他，怎么办？他的体重可是我的近两倍啊。我要怎么阻止他闯开车门、跳到高速路上？

“我该怎么办？”眼看着丈夫在轮椅里扭来扭去、不住折腾，我向司机求救。司机正打着电话，和朋友夸夸其谈，描绘他的某个女性朋友身材如何。他似乎没听到我绝望的求援。这会儿大卫正与周身束缚搏斗着，他却一直在闲谈当中。拜托拜托拜托，快送我们抵达就好，我心想。整个状况看起来荒诞滑稽，简直让我哭笑不得。

终于，我们冲出了拥堵的车道，停在康复中心门口，而大卫还被缚在轮椅上。我第 20 遍告诉他，我们在哪里、为什么在这里。我对他说，我们到了芝加哥康复中心，将获得全世界最好的康复治疗。

把大卫送进病房后，我开始四下打量这个新家。护士走过来，与我确认住院信息。这时，一个中年妇女闯入我们的房间；她是这儿的病人，明显神志不清。过了一会儿，好心的护士走进来，把她领了出去，一边温柔地说：“我们不能随便闯进其他病人房间哦。”我把朝门的帘子拉上，寻求些许隐私，回望一眼大卫，又看向我们的房间。

置身此处，大卫的病情以一种尖锐而清晰的新面目出现。病床上布满束缚带，浴室里设有各种安全措施；每次离开房间，他都必须坐着轮椅。如果大卫知道，自己已被视作缺失了行动能力，该是多么绝望啊！这里和医院差不多，冷冰冰的，日复一日地生活下去，除了绝望，还能怎样？大卫是一名医生，他本该投身工作，为病人做很多重要的手术。而年仅 30，拥有了家庭，即将迎来孩子，原本充实、健康、满是活力的生活却突然间晦暗了。如今，在这个挤满精神病人或残障病人的楼层里，他成了几十年来最年轻的患者。这是何其不幸！

有一件事，我从未与人提起，即便我婆婆、母亲，甚至大卫。那一刻，我睁大眼睛环顾四周，惊恐地看向天花板上掉下来的挂钩——那是为四肢不健全的病人保持稳定而设的。我心里产生一个可怕的念头，仿佛血液也顷刻凝固了：万一大卫想用这吊死自己，怎么办？

所有行李送到房间，我开始收拾东西。虽然为了大卫，我必须尽量让自己显得开心一些，可实际上，内心感受就和刚去拉什重症监护室一样。在法戈时，我一直盼望着大卫能回芝加哥，因为那表示他身体状况平稳了，能够转院了，并且，那也意味着回家——回到亲人的怀抱，回到熟悉的土地，回到拉什大学的顶级神经重症监护室。后来，置身拉什，我又盼望着大卫能去芝加哥康复中心，那表示他愈加稳定了，身体有力气了，我们再也不用担心他死去，只用想着怎么让他更好。我们可以开始致力于找回他曾经的思想和意识。

而现在，我们终于来到这里了，住在了芝加哥康复中心。可是，然后呢？大卫依然患着失忆症，我们还是茫然无助。除此之外，我们哪儿也去不了，什么也做不了。我们只能面对这可怕的现实。

第 20 章

2011 年 9 月，纽约，哈德逊山谷

有些话，我听过太多次，比如“婚礼就是过眼云烟”“事后你什么都不记得”“一切转瞬即逝，还没好好体会，就结束了”。于是，我加倍小心，不让这个周末在一片混沌中结束。我的心里仿佛住着一位瑜伽大师，他提醒我随时“专注当下”，何况我们计划中的婚礼还很盛大。

在一些非常具体的事情上，大卫提出了明确的要求，想想都好笑，比如：晚餐时搭配哪种面包（我没开玩笑，大卫格外严肃认真地对他的面包提出要求，不希望口感太脆），用餐的叉子（他说,“我们一辈子都要用这些叉子吃饭，所以这次选对很重要”)，座席的排列等等。他还很体贴地提议，我最好把一小撮头发放下来，不要全部梳到头顶，他比较喜欢这样的造型。不过除此以外，他让我和我母亲操持大部分的策划工作和细节，结果，我们俩忙得不亦乐乎。

婚礼前一周发生了一个小插曲。我们从历来奢华高调的“纽约城”发廊请来一位造型师，说好要给我设计“提亮”效果，结果我的头发全被染成了淡银灰色。我的头发天生是棕色，眼睛是深褐色；如果要“提亮”，头发染成“金色”或“蜜黄色”就好，可如今，正如我朋友坦言,“就像是个艳星打扮成了兔女郎”。我实在无法接受，改了三次，最后还是请了小时候的造型师，才多少寻回些自然发色，虽然比预期还是差得不少。

婚礼当天，一切进展顺利。仪式在当地一个天主教堂举行，派对则安排在老宅的后院。我们整晚跳着舞，被成千上万的亲友们簇拥着。之所以决定在离家很近的地方举办婚礼，主要是考虑到我的祖母。她已经 96 岁高龄，大部分时间都待在家里。这一天她等了这么久，是一定不能错过的。大卫和我挑的结婚日子，和祖父母 75 年前的婚礼是同一天。我一直想在我的婚礼上和祖母跳一支舞。

那个周末，最难忘怀的时刻便是看见大卫在圣坛旁站着。我们没有像当时很流行的那样，在婚礼前先看看对方身着礼服的样子，所以结婚当天，我们的初次相见便是在教堂。和父亲一起站在教堂外，等着那一刻来临，我们就要沿着过道走向圣坛。我清楚地记得自己当时多么紧张。看着我的姐姐、闺蜜们都穿着漂亮的伴娘服一个个走了进去，我胃里一阵翻滚，仿佛活生生吞下一缸金鱼。

接着，《婚礼进行曲》响起。父亲领着我进去。我望见了大卫。一时间，所有的紧张情绪——噗！都烟消云散了。我们眼神相遇了。这才是今天的重点：我要嫁给这个男人。其他一切人、一切事，都仿佛不见了。我沿着过道走过去，看见强忍着泪水的大卫。“看到你的第一眼，真是难以置信，”大卫后来告诉我，“我无法相信，你正穿着婚纱，向我走来。”

牧师问我们，是念自己的誓词还是传统誓词，我们选择后者。虽为作家，可我相信，没有任何语言可以超越那历久弥新的句子，仿佛岁月沉淀了光华，再次照亮这最幸福的时刻。有什么可以胜过这样的誓言：“我，艾莉森，愿意嫁给你，大卫，无论顺境或逆境、富有或贫穷、健康或疾病、快乐或忧愁，都将生死相依、不离不弃。”

这些话是真心实意的。真的。我不是在盲目复述牧师的话；这是承诺，我认真思考后真诚的表达。我会用一生时间认真践行我的承诺。而我也知道，所有这些讲述可能性的句子，如“健康或疾病”，都有被印证的一天。我亲眼见到祖母、外祖母照料伴侣走到生命的尽头。我知道某一刻，这也会发生在我和大卫之间。可站在圣坛前，我想着，那天可能还要等上70年吧。“生死相依、不离不弃。”我们还会活很长一段时间吧。在遥远未来的某一刻，我必须变得坚忍不拔，承受那些不再快乐的日子，每天精心照料年迈生病的伴侣，对他而言也是一样。在经历了漫长、快乐、充实的一生后，大约在我们的孙子、孙女们说着结婚誓词的时候——我才将有机会兑现这些誓言。

可我没想到，一切来得这么快，在我们刚刚步入30岁的时候。

那天的我们，丝毫没有预料到今天的一切。看着我们在婚礼上的照片，只见天真的笑容、自信和快乐，两个人如此彻底地沦陷在当下的喜悦中：他们只是激动而欣喜地畅想着未来将带给他们的一切。

第21章

我在医院病房坐着，大卫睡着了。我对边上大卫的家人说："我的一生，一直难以摆脱一种恐惧，觉得自己太过幸运，所以，我一直认为，在某个时刻，我一定会为往日的过分幸运付出代价。"

这并非我第一次坦白内心这种宿命式的恐惧。在耶鲁的时候，学校有个传统，大四学生会组织秘密社团。大三一结束，你就会被"委任"，并和其他15个同学成立一个小组。这个小组每周都在学校秘密聚会，传统项目之一就是每个小组成员都要分享一段"自传"。这时，每个人都有机会向大家讲述自己的故事，并分析到目前为止，是什么塑造了自己。我们都十分严肃认真地对待这一活动，大家在讲自传的时候会觉得自己很重要。轮到我时，我对小组说，一直以来都担心自己太过幸运，最终一定会付出代价的。

具体来说，我觉得那么早就遇到大卫，我太幸运了。我们的感情很顺利，因为陷入爱河是世界上再简单不过的事情，而且到目前为止，维持这份爱也比较容易。这不是说我们的感情很完美；并不是，大卫和我都不完美——差得远呢——我们的感情和其他所有的感情一样，也会有波澜。可是，至少目前看来，还没有哪个矛盾或问题是不可跨越的，我们一直都能共同面对我们的差异。所以，我隐约觉得不安；其他人在感情生活中没有这么顺利，即便是初恋。他们获得幸福之前，总要经历一次又一次的心碎。我感觉自己注定要遭受一次打击。没错，高中时候有个男孩，我为他投入了蛮多的感情，有时候也会很难过，可是，也未曾让我心碎。我是大卫第一个认真谈的女朋友，而他是我第一段深刻的感情，是改变我一生的爱人——现在，我们依然在一起。而且有了一个孩子！这还不算：我甚至连孕吐反应都没有。这一切看上去似乎很不公平。

大学时，我有幸与传奇人物哈罗德·布鲁姆一同参加了一场莎士比亚研讨会。布鲁姆教授对我们说："毫无疑问，你们人生中至少都会经历一次心碎。不管是因为爱人、孩子、父母还是朋友——你总会心碎一次。"

到那刻为止，我发现自己的生活一直非常美好，还没遭遇过心碎。父母非常支持我，对我疼爱有加，他们双双健在、幸福地生活。大卫也一样。他母亲曾患上多发性骨髓瘤，曾经很痛苦、恐惧，那对整个家庭来说可谓地动山摇，可露易莎竟神奇地康复，躲过了更糟糕的可能性。经过一段时间的康复，她又变得强健。所以，即便有此情节，大卫和我都算是非常幸运的。此外，我们还和兄弟姐妹、诸多朋友保持着亲密的关系。我热爱作家的职业，觉得每天早上醒来都是美梦成真——我还因此获得报酬！我尚且年轻、健康，我的婚姻多数时候是稳固的、幸福的，我们对彼此有着深刻了解、真诚许诺，携手走过了人生重要的旅途，也因此密不可分。不可否认：大卫和我都非常幸运。

而这一切在大卫中风时结束了。我对露易莎和尼尔森坦白了自己的恐惧，他们都表示理解甚至认可，他们说也有类似的想法。不光对大卫和我，也对他们自己。

此刻，我们在医院病房里看着大卫，不再觉得幸运了。这是我们欠命运的吗？好吧，那我们偿还了。一直以来我的隐忧终究还是发生了。

记得来芝加哥康复中心的前几周，我陪大卫接受语言治疗，医生让他一分钟内说出尽可能多的水果和蔬菜名字。他说出了3种。然后，医生让他按字母表顺序分别说一个女性的名字。他连 A 打头的名字也说不出来。我的名字就是 A 打头。

我们给大卫挂了个日历，每一天、每一小时地看着。我们写了张便利贴“今天是：”，每天早上移到对应那格。每天，我们都要指着日历，反复提醒大卫，他在哪里、为什么在这里。我们和他一道看照片，回顾每个人的名字。我们也会问他一些具体的事；不知怎的，他脑中总记着和体育相关的细节。我想可能那是最重要的吧。

我们也会看 DVD，尤其是他父亲和哥哥带来的家庭录像。有次我问大卫，想不想看我们婚礼的录像。“不想。”他轻声说。

“为什么？”嘴上这么问，我早心知肚明。我替他回答：“你觉得看了会难过，是吗？”

他点头。

“好吧。那等我们回家了，再一起看。”

大卫很容易累，往往七点不到就困了。我一直等到他睡着，坐在床边，写完“亲爱的大卫”的信件（或者说日记），然后开车回家。每晚回到公寓，我总是黯然神伤。

白天，我是那个无比坚强的伴侣、心怀希望的妻子，在医生、护士、诊疗师前总佯装开心，大卫的家人和往来如织的亲戚朋友也不会瞧见我的沮丧。而最关键的，是不能让大卫察觉。我表现得乐观、坚强，人们总是赞誉：“真不敢相信，你心态可以这么好。”

到了晚上，一旦没有外人，一旦卸下伪装，我就很悲伤。不仅悲伤、孤独，而且极度惊恐。虽然累得毫无力气，可我很难入睡。是的，我想念大卫在家中、在身侧的感觉，可最怀念的是他已全然无踪的那部分，即便我在康复中心坐在他身边也感受不到；我想念那些让他成为大卫的无形的东西。我想念我们一起创造的生活。家里的一事一物都在低诉，一瞬间，我们原先的生活就没了，或许永不可追回。那些蓝色的意大利餐盘是我们收到的结婚礼物，我们用它们吃过无数顿饭。照片上的我们：那张是在澳大利亚泛舟度蜜月；那张是大卫读医学院的时候，我们去佛蒙特州滑雪；还有那张，我们一身有氧健身操装扮，在地下室参加大学联谊会活动。我们写给对方的小纸条散落在公寓各个角落。医生的白大褂挂在衣橱里，上面别着大卫的医院工作证，照片里的大卫微笑着，那么帅气。那是何等强壮健康的大卫·列维医生啊。

最让人心碎的莫过于大卫去夏威夷的行李箱。刚把它带回家，佩妮就嗅着它，尾巴一摇一摆，以为这充满大卫气味的箱子，意味着它的主人很快归来。它在公寓里奔跑，到处寻找他的身影。可他始终未出现。

我把行李箱一搁，几个礼拜都没打开。我不想看，一看就会想到大卫收拾行李的那个周二下午。我不想看到他那些熟悉的衣服，那个他打算边运动边听的 iPod；那双要穿去海滩的人字拖；

他从西雅图飞往温哥华一日游要用的护照；在他做近视激光矫正手术前，我们一起挑的太阳镜；还有他的衬衫——是，有些尴尬，但我不愿否认——依然带着他的气味。这趟旅行化为泡影，我们的生活天崩地裂，这一切，太突然。

我一直在拖延，直到某天，我需要为医院里的大卫取点东西。我坐在地板上，旁边放着这可怕的东西。我做足心理准备，打算正式面对这些属于以前的大卫的物品；那时的大卫还知道怎么打包行李。可正当我要打开箱子，却发现它上了锁，需要一个4位数密码。

但凡需要，大卫经常使用相同的4位数密码。其实，那是我们蜜月时最有趣的花絮之一。在道格拉斯港的酒店房间，为了锁保险箱，他让我用了他的4位数密码。“那我的4位数密码呢，我一直用的那个？”我心想。那一刻我突然意识到：我结婚了。生活从此不一样了，我们是两个人，我们在选酒店保险箱的4位数密码时，也需要协商。我用了你——大卫的4位数密码，放弃了其他所有选择……所以，这就是婚姻。

可没承想，那熟悉的四位数组合居然打不开大卫的行李箱。我被难住了，往后坐了坐。问大卫是不可能的了，他连什么是行李箱都不记得，更别提记得夏威夷的行李箱，或记得箱子的密码。我猜了很多次，生日、住址，或其他重要日子。上帝啊，我好想他，真希望他能在这儿，告诉我密码是什么。或者，最好自己打开行李箱。又或者，最好按我们原先的计划，抵达“好孕蜜月”目的地后，再打开行李箱。

有天晚上，我实在多愁善感、伤心绝望，就拨打了大卫的手机。我知道关机了——它正躺在我们卧室的床头柜上，在那个可怕的 6 月 9 日航班之后就关机了——可我就是这么想、这么做的。我会听到他的语音留言，听到他的声音、他真正的声音。自从大卫醒来，他说话的声音就变了，那音调根本不是他；而语音留言却可以让我听到 10 秒钟他原本的声音。可我明白，这不过是自作多情，只会愈发让我自悯自怜，胎儿状抱作一团，掩面哭泣。这是无益的。我强迫自己不许打他的电话。

近乎击垮我的，是转进康复中心几周后，我不得不搬家。租约到期了，我们一直打算孕期蜜月结束后一个礼拜，即 6 月底开始搬家，只是从未计划到中风的发生。搬家总是不易的，何况我每天要在医院守 12 个小时，怀着 6 个月的身孕，医生还禁止我提重物，这就更成问题了。我不知道这种情况下还怎么搬家，更不用说打包就意味着一件一件处理我和大卫先前生活中的物品，每一桩都像是朝伤口撒盐。

我只能说：感谢上帝创造了女人。女人们出现了。那段日子，每一天，我的生活里都有她们的身影。我的朋友玛丽亚专程飞来帮我整理和打包。那时，我最需要的朋友就是玛丽亚，因为她见证了我和大卫在一起的全过程，这是其他任何朋友都无法比拟的。那晚，在耶鲁酒吧，是她把我介绍给大卫，他才会问我在哪里上大学。她和我们一起修艺术史课程。她亲眼见到我每次悄悄站在大卫身边研究哥特式教堂。我们走上圣坛结为夫妻时，她就站在我们旁边。在她面前，我可以卸下伪装，显露我内心的脆弱——甚至崩溃。而玛丽亚也怀念着大卫，不单单为我，因为他们也是长久以来的好朋友。

打开门看见玛丽亚，我顷刻瘫倒在她怀里。她抱着我，和我一起哭泣。有个肩膀让我安心地哭泣，这并非渺小的恩惠。她不指望在我这里寻找正能量和爱的智慧。她也不打算鼓励我，让我开心起来。她只是抱着我，让我哭，和我一起哭。

“我只是太想他了。”一天早上，我们开车去康复中心看大卫时，我说道。她眼里含泪，点点头。“我明白，”她说，“可他还在的。”我知道她的意思：他还活着。没错。他原本很有可能已经死了。虽然现实面目可憎，可还有理由心存感激。

“这是个残忍的笑话，”她认同我说的，“编也编不出来：孕期蜜月的路上，丈夫险些死于中风。”

那个周末，玛丽亚都和我一起，看着我们原先的生活被装进一个个箱子。我们的朋友彼得和拉塞尔也来了，涂刷墙面，把电视机从底座搬出来，帮忙打包，取消有线订阅服务。

也是那个时候，玛丽亚牵着佩妮来到康复中心。我和大卫下楼走到马路上，中风后他第一次见到我们的小狗。可是，我所期待的重逢一幕没有发生——大卫认不出我们的爱犬，更奇怪的是，佩妮也没认出大卫。通常情况下，分别这么久以后，它会扑到他身上，不停叫唤，兴奋地绕着他的腿转圈（自我们离家准备去夏威夷的那个下午，它已经一整个月没见到大卫了）。可现在，佩妮并没有兴高采烈，而显得有些害怕；它从他身边躲开，藏在我腿后。大卫真的变化这么大吗，连家里的宠物都不认得他了？

“可能是你身上有太多医院的味道，它找不到熟悉的气味了。”我说，竭力掩饰内心的悲伤。其实，我真想大哭一场。大卫和佩妮一直那么亲密，有时候我们甚至开玩笑，说我才是第三者。而那一刻，我只想在他们愉悦的重逢当中做个第三者。我想看到他们彼此相认、依然相爱，就像过去那样，而不是形同陌路、互不信任。

这场不温不火的重逢，玛丽亚也看到了。而她自己，也没有被大卫认出来。这让她很伤心，因为她不仅是我的朋友，也是大卫十多年的朋友了。玛丽亚——大卫一直管她叫玛尔——她表面不在意，甚至还挤出一丝笑容来，可内心，她很想哭。

第二天，玛丽亚又来了康复中心，想再看看大卫。佩妮没有跟来。她走在过道，有些紧张和难过，再次见这个大卫的“替身”，她感到害怕。这个“陌生人”不认得她，11 年的友谊在他脑海里没有印记，曾经轻松的相处方式也荡然无存。

玛丽亚转过拐角，走进病房，正在探视的朋友拉塞尔转向大卫。“嘿，嘿，认得那个走进来的人吗？”拉塞尔问。

大卫脸上露出淘气的傻笑，眼睛里闪现着虚弱的微光。他点点头。

“哦，是吗？”拉塞尔继续，“她是谁？”

大卫一耸肩，看向门侧：“一个叫玛丽亚的泼妇。”

那刻，玛丽亚终于忍不住泪崩，这些天她一直竭力控制自己。“大卫，”她绽开灿烂的笑容，“这是我从你嘴里听到的最美好的句子！”

我们都笑了——玛丽亚镇静的反应让我们舒了口气，大卫口中蹦出的脏话也让我们惊奇。中风病人时而说些粗话、脏话，并不罕见，可那一刻的有趣在于，我们仿佛看到了大卫和他的玛尔惯常的相互取笑、戏谑和抬杠的情景。他试图开个玩笑。虽然不乏奇怪、尴尬，可我们觉得是好现象。

玛丽亚离开那天，真的要搬家了。大卫的家人们替我在康复中心照顾他半天，以便我监督工人们把我们所有生活用品从旧址搬到新家。可当我抵达空荡荡的新公寓，等卡车前来时，新住处的经理说，先要大卫在租约上签字，我们才能入住。大卫原计划等我们从夏威夷回来，就去租赁公司签字——显然那不可能发生了。我又匆匆回到康复中心，找到社工，差一点儿她就出去开会了。我央求她帮我开份情况说明，按要求写在“康复中心”抬头的纸上，然后迅速回到城里，出示说明，恳请租赁公司办手续。最终，我们得以继续。

接着，工人们告诉我，搬运的卡车延误了，他们要晚几个小时。情况不妙。新公寓的电梯只在接下来两小时归我们使用，时间很紧。这里的电梯是按固定时段租赁的，所以我只能在预约时间使用——之后，还有其他人预约了准备用来搬家。那我要拿这辆卡车怎么办？如果不能把所有箱子从卡车上卸下来，搬进新公寓，我睡哪儿？我央求工人们用最快速度，争取赶上我们的预约时段。

我一边等卡车，一边焦急地看着时间一分一秒过去。于是，我决定在新住处周边走走。已是正午，饥肠辘辘，我四下打量着这片陌生的区域。那边有家寿司店，可医生不准我吃生鱼片。还有家熟食店，可他们的三明治里夹的肉片是冷的——这我也不能吃。“除了冷切肉，你们还有别的吗？”我问。“芝士。”他们说。于是我点了份芝士三明治，往公寓方向走。过马路的时候，乌云密布。我不知道会下雨，况且，所有伞都装在箱子里，而装箱子的卡车不知道开到了什么地方。大雨倾盆而下，不出几分钟，我便全身湿透了。我没有衣服、没有鞋可换——都打包在车上。我真想举起拳头，朝着上天喊出那个经常萦绕脑海的问题："为什么，上帝？为什么？你还打算折磨我到什么时候？"

回到公寓时，三明治也浸透了。公寓里空空如也，我朝厨房餐台走去。空调开着；衣服湿透了，我浑身颤抖。这时，爸爸打来电话问我搬家情况如何。我连句"不太好"都说不出来，就止不住地哭。真有意思，回顾这一天后，我想的是，或许这只是我整个人生中最糟糕的日子中的一个罢了。

终于，搬运工人们来了，我们飞快地卸货，总算及时赶上。我顾不上医生不让我提重物的忠告——我们需要所有人帮忙。当我们发了疯似的使劲把箱子往公寓里拖的时候，一个工人担忧地看着我问，这样的压力会不会导致我早产。我坐在一个纸板箱上，不知该作何回答。我强迫自己深呼吸。我的脚又湿又肿，腰部也很疼。我冷极了，淋了暴雨，衣服、头发、皮肤都还是湿的，身体因为压力和空调里送来的阵阵凉风不住颤抖。

工人们一走，我开始四处打量：新公寓里好像充斥着一股纸板箱、油漆和湿毛毯的混杂气味。房间里的纸箱乱成一堆，那些家具我不可能搬得动。当初找到这间公寓，我和大卫多开心啊，终于可以翻开新篇了（"这里是孩子的房间！""这里就作客房吧，妈妈过来帮忙照顾小孩的时候可以住！”）可它现在没有一点儿家的气息，只觉得陌生、空寂，哪里都不对。“搬家对你来说是好事，你可以开始全新的生活。”我父母这样对我说。可是，开始什么呢？全新？如今我觉得全新的只有痛苦、孤独和恐惧。“原始的生活”或许更合适。

我甚至无暇思考要如何拆箱、重新构建生活；我必须回到康复中心，回到大卫身边。昨天晚上我对他说过，今天要晚点过去，因为要监督工人们搬家。可是那些话，他是不可能记得的。此刻他在康复中心难过吗？是不是在想我去哪儿了？他害怕吗？想到这里我心都碎了。再一次地，我要感谢上帝创造的姑娘们。我的朋友玛格丽特和夏洛特专程飞来帮我拆行李，帮我组建这个家。她们是世界上另外两个特别好的人，是我认识最久的朋友。儿时我就认识了玛格丽特，而夏洛特从中学起就是我最好的朋友。陪伴我的同时，玛格丽特帮我整理了书架、衣服，教我做孕期瑜伽，和我在床上一起祈祷。而夏洛特也怀着孕，只比我晚一个月，她一个接一个地拆箱子，把照片挂到墙上，整理我们的碗碟，还给我讲很多正能量的故事，让她丈夫过来帮我干重活。

这些珍贵的、无私的朋友们给了我一个家；她们让我在人生中最不安的日子里获得了庇护之所。是她们让我得以全天在康复中心陪伴大卫，不用为搬家而操心。她们一遍又一遍地去塔吉特卖场，帮我家采购各种杂物：卫生纸、灯泡、晾衣架等等。甚至因为去得太频繁，售货员认识了她们，借给她们一辆购物车，可以把东西直接运到我家。最有趣的是，一次排队结账时，队伍里有位妇人看她们买了这么多东西，脱口而出："你们是刚搬到这里吗？"

不想解释太多，夏洛特和玛格丽特微笑着点头，没错，刚刚搬来。这是事实——她们帮我搬了过来。

"你们从哪儿来？"旁边的顾客问。

夏洛特和玛格丽特又简单地答道："我们来自纽约。"这也是事实。

妇人笑了笑，看着夏洛特隆起的肚子。"你们第一个孩子？"

夏洛特点头。

"真好！"她说着，从夏洛特看向玛格丽特，脸上笑成一朵花。"欢迎你们搬过来。"那时，夏洛特和玛格丽特才意识到，这妇人以为她俩是一对，刚搬进来，准备迎接她们的第一个孩子。那晚，我们在新家的天台上吃着外卖，笑得格外开心。

真不敢相信这些姑娘们，还有其他很多人，愿意为大卫和我付出那么多。我哥哥的妻子艾姆莱德让她母亲从乡下赶来，协助我哥哥照顾两个年幼的孩子，这样她就可以来我身边，陪伴我一个礼拜，教我怎么准备孩子的用品，帮我整理最后几箱东西。我姐姐艾米莉在家待产，也时不时来探望。我的嫂子玛丽为我把午餐带到康复中心。朋友们送来了食物、给孩子的礼物、鲜花，给予我那么多爱。一位朋友给了我一张孕期按摩的礼品卡，留言让我一定照顾好自己。

突然间，我处于只得接受的境地；我只能依靠亲友们的支持和力量。我觉得不安，因为这是单方面的。我觉得——不，我担心——自己在给别人添麻烦。我称自己为“高需求的朋友”，而我不喜欢这样。需要得这么多，我很瞧不起自己。我对玛格丽特坦白了这种担心，她看着我的眼睛说：“艾莉，我们想要为你做这些。你没看出来吗？能帮你分担一些，我们觉得很开心。我们是上帝派来帮你的。”

我需要他们，我接受了这个事实。我正处于人生中的这个阶段，很幸运有这么多人出现，用他们的方式帮助我和大卫。而我能做的，只有希望这个阶段快些过去，某个时候我能重新变得坚强，生活再次变得稳定，那时，我便能回报他们的爱。

第 22 章

从大卫在康复中心的楼层望出去，可以看到密歇根湖全景。7 月 4 日，我们眺望着一大片波光粼粼、点缀着船只的蓝色湖面。天气晴朗，音乐由下而上飘了过来，传到我们的窗边。海滩上熙熙攘攘，满眼都是人，他们在游泳、欢笑，尽情陶醉着。

这本该是大卫启动第四年住院医师培训的第一周。

7 月 4 日早上，大卫父母开车过来了，他母亲给我们带了糖果和烘焙食品。接着，他们要开回北方，和其他家人一起参加独立日游行。真羡慕他们，还可以像普通人一般，心无挂碍地去游行。当你沉浸在痛苦中，那些节日和欢乐时光只会让人更难过。平常日子里，或许你不会觉得特别不快乐——可相比之下，尤其节日里，那么多人都看上去开心极了，你的痛苦反而更深。

那天下午，好友莉齐和凯文来康复中心看我们，4 个人便出门走到湖区。这是大卫第一次在没有医疗监护的情况下离开康复中心，他有些找不着北——脚步不稳，说话也不太连贯——我们开玩笑说，大家一定以为他也刚参加完狂欢，酒喝多了的缘故。

中风发生后，一个月过去了，我依然靠肾上腺素和积极的心态支撑着。可当朋友们来探望，我还是无法忽略他们脸上的恐惧、迷惑和不安。我知道，有些人一定在想，感谢上帝，这事儿没落到我头上。这很自然。可其中一位访客妻子的话却戳到我痛处，她说："一想到还好不是自己的丈夫，昨晚睡觉时我更紧紧地抱住了他。"我知道大家一定这么想，这是理所当然的。坦白讲，假如我处在她的位置，也会这么想，可大声说出来，并不显得更有同理心。

安迪给大卫的朋友们写了封邮件，告知他们，我们已转到芝加哥康复中心，并提出了有关探视的注意事项。安迪简述了大卫的基本情况，让大家做好心理准备。他叫人们探视时尽量心态积极一些，和大卫说说话，可以提些问题，刺激他的回忆和联想。安迪写道："我知道你们会难过，一个曾经的耶鲁长曲棍球队队员，现在连独立用餐的能力也没有了。”是的，我很难过，尤其看到这句话写出来的时候。

愿我们永远记得，拥有彼此，多么幸运。

漫长的一天结束，回到空空荡荡的公寓，看到那张贴着四叶草的照片，真想把它从墙上撕下来，一下扔出去。当时怎么想的，居然写这样的话？真的有必要如此乌鸦嘴吗？有必要陶醉于好运，在神灵眼前沾沾自喜，看他们敢不敢剥夺我的幸运吗？

有时，我看着手机日历，沉湎于 6 月 8 日那天。中风前的每一天、每一刻，我都愿意重新来过，那些逝去的纯真和安逸，如今更闪现着喜悦、宁静的光泽。我一遍遍看着中风一周前拍的视频，那时我们得知将有个女儿——脸上写满震惊和喜悦，我们久久地拥抱在一起。我宁愿暂时失忆，仿佛日子回到从前，最大的麻烦不过是停车吃罚单或迫近的截稿期。我脑海里和上帝谈判：“如果你能让大卫回来，我将承诺……”

愿我们永远记得。

记得？大卫连自己居住的城市都不记得。他不记得我们的纪念日，也不记得我们爱犬的名字。

疲劳，也是个长期折磨。大多数治疗间隙，大卫都要打个盹儿，尽管他每晚睡眠长达 13 个小时。到了该睡觉的时候，我便依偎着他——窗外天还没暗，正是一年中白昼最长的时节——直到他在狭窄的病床上迷迷糊糊睡去，然后我会祈祷他快些痊愈。我祈祷着圣灵带来奇迹，就在这间屋子里，就在他脑海中。

中风前的生活里，我们的睡前惯例是另一番模样。我总要花更多工夫——大卫只需要刷个牙，而我要刷牙、摘隐形眼镜、洗脸、抹一堆水和乳液。大卫躺在床上，与瞌睡做斗争。“速度地，我快睡着了！”

我便加快流程，钻进被窝，靠在他和佩妮身边（是的，我们让狗上床一起睡）。大卫一把搂住我们，夹成个大三明治，然后唏嘘一声：“这就是我想象中的天堂。”

有天晚上在康复中心，睡前我依偎在他床边，告诉他这件事。“你总是说，‘这就是我想象中的天堂’，还记得吗？”

他摇头。前来探访的玛丽亚目睹了我们晚上的情景，几周后，一个带有佩妮脑袋的枕头出现了。她希望我们三个可以像从前一样。后来，每晚我们都靠在一起，我们俩、我的大肚子，还有佩妮枕头，我会说：“这就是我想象中的天堂。”我努力不让泪水涌出，盼望着某一天大卫能记起我们曾经的睡前仪式。有一天我们会回到原来的生活，他催我快点擦好护肤品，我跳上床，他说："这就是我想象中的天堂。"

日子很长，治疗从未间歇；每晚我都如约打开"亲爱的大卫"文档。斜阳掠过密歇根湖，光线透过窗户，我便开始写作。房间渐渐暗下来，我望向熟睡中的大卫。床头放着一个数码相框，是我们的朋友拉塞尔带来的，循环展陈着我们曾经的生活场景：黝黑的大卫和朋友们在乔治湖休憩；大卫和我满心喜悦地从教堂跑出来，那是我们结婚的日子，如雨的花瓣从头顶撒下；医学院毕业典礼上，大卫骄傲地站在父亲身旁；大卫在校园里打长曲棍球。每张照片都是一记重击。这些生活片段曾属于完全不同的两个人。

亲爱的大卫：

今晚我抱着你，看你渐渐睡去，我默默哭泣，不忍将你吵醒。病房里的电子相框盛着那么多快乐的回忆，满满的，可如今只叫人心伤。你还会回来吗？如照片里那般快乐、强壮、健康。天啊，我好想你。

有句话我很喜欢，经常在处境艰难时告诫自己——黎明前总是至暗时刻。我不知道这是否算得上至暗时刻，也没必要论证。身处黑暗之中，我坚信，很快将有一束光照进来。

第23章

2011年11月，纽约

和大卫结婚才两个月，我便意识到，生活已彻底改变了。

大卫在医学院第四年，也是最后一年，我们便已经在考虑他的下一步培训。住院医师培训期共五年，他将在整形外科完成。大卫广泛撒网，在全国范围内申请项目。

他第一场面试在杜克大学，之前差点去那儿读研究生。他父母也是在杜克相识、相爱，并度过了婚后的头几年。大卫很喜欢杜克，面试一结束就兴高采烈给我打电话：“艾莉，你一定喜欢这里。不用住一居室了，纽约付的房租可以在这里买栋房子。”

第二家是加州大学洛杉矶分校，他又打来电话：“你一定喜欢这儿。这里冬天有十七度。虽然离家很远，但是他们一定愿意经常来！”他走过的大多数地方都喜欢。我跟着他一起，就像坐过山车，研究着每个城市的公寓租金，埋头思索每种可能性，而这一切，我们都将共同面对了。

最后，选项缩减为两个：纽约的哥伦比亚大学和芝加哥的拉什大学。大卫来自芝加哥，本来就倾向于那里的培训项目，可他尤其喜欢的是拉什大学医学中心，自认为没有比那儿更合适他的地方了。他也很喜欢哥伦比亚大学，和几位整形外科主治医生关系不错，所以也认真考虑这个选择。

假如无关培训项目，在我们各自的理想生活中，大卫想留在芝加哥，而我则想住在纽约。我从小在纽约长大。嗯，不光在纽约长大，更是在“我爱纽约”的宣传标语中长大。我的家人和大多数最亲密的朋友都在那儿。我想当作家，很多出版社和媒体总部都在纽约。可是，虽然我对纽约饱含热情，感觉我的根在那里，大卫对家乡芝加哥也是同样的感受。那么，我们该如何抉择？

毋庸置疑，这是到目前为止我们遭遇的唯一大难题。我们都爱自己的家人、朋友，都渴望在感情最深的城市工作——这次该听谁的呢？

大卫从整形外科圈子得知，如果他真的很喜欢某个项目，如果这个项目在他所有目标中排首位，就应该告诉项目负责人，他很想去那儿，这会很有利。“艾莉，我觉得应该告诉拉什大学，他们是我的首选。”

那晚他给我打电话的时候，我正在奋力工作，准备和姑娘们去吃晚饭。我顿了顿，有些生气。大卫甚至还没完成纽约的面试。还有个很不错的纽约项目呢，他就不能至少抱着开放的态度，等看完所有选择之后，再关上纽约的大门吗？万一他也中意纽约的项目呢？

前一晚，我听到大卫在隔壁房间与父亲通话，模拟另一个面试。“我最大的成就？很简单。我最大的成就，毫无疑问，就是娶了我的妻子。”大卫说。可我现在想的是：拜托，如果我真的是你最大的成就，你为什么不考虑我的立场？

可他迫不及待告诉拉什联系人，已完成面试，就等着候选排名公布。没错，假如大卫想排进前 5 名，最大限度把握机会进入梦想的培训项目，他确实应该至少告知对方，他很爱这份工作。我保持沉默，对双方对话持保留意见。在我看来，这完全是不成熟、不公平的仓促决定；我觉得起码要完成所有面试，给纽约的培训项目一个机会，再确定我们是否真的要搬到芝加哥。我的热情不在那里，甚至担心它会剥夺我在纽约的职业机会。

我们分开了几小时，各自觉得对方在给自己的未来发号施令，僵持不下，感觉很沮丧。大卫打电话给露易莎，和她谈了。露易莎又给我打电话。那真是对婆婆的考验，而这个了不起的女人以彻底的公允和开放态度听了我俩意见。她帮我们看清对方立场，又敦促我们以更尊重对方和思虑周全的方式交流。

最后，我对大卫说，去和拉什谈谈吧，让他们知道拉什是你的首选。而他回复我，决定不谈了，他准备先完成纽约的面试再做决定。这就像我们自己版本的“欧·亨利故事”。我们都愿意暂缓行动……至少目前。可这一重大问题若隐若现，我们始终没想好如何回答。

后来，发生了一件很严重的事，反而让我们的抉择异常简单。如果“芝加哥还是纽约”的问题是拍打我们婚姻小船的风波，我们很快就发现没必要去管了，因为那时我们正置身于一场飓风之中。

我记得那通电话。那是2月初，大卫生日也就是情人节前几天，他很快就要提交住院医师项目的最终志愿了。

中午，我正在曼哈顿中城，为父亲的咨询团队工作，负责信息搜索和写作。过去几个月，我婆婆一直觉得背上疼痛。最近几周，情况愈发严重，物理疗法已经不起作用。电话中，她的声音在颤抖，完全没有了平日里的爽朗。“是癌症。”露易莎告诉我。我婆婆被诊断为多发性骨髓瘤，一种罕见的血癌。他们说“发现了肿瘤，后来确诊为癌症”。目前为止,多发性骨髓瘤尚无有效的治疗方法,我们得知她的预期寿命只剩几年了。

我立刻打电话给大卫，他正在华盛顿高地的哥大校园。他崩溃了，电话里泣不成声。他刚和父母打过电话。他很爱他的母亲——每个认识露易莎的人都会爱上她,更何况大卫是她的孩子。他显得失魂落魄:“在她承受这些的时候，我不能远离她，艾莉。我们去芝加哥吧。我需要留在她身边。”

我能听到他声音里的痛苦——害怕又无助，渴望在未知的岁月里，能陪伴在身陷困境和痛苦的母亲身边。“当然。”我说。

我们把拉什大学列在第一位，芝加哥大学第二位，以确保工作地点能离大卫家近些。到头来，在深爱的亲人生死攸关之际，曾经关于在哪儿生活的争执都显得格外奢侈。

第24章

亲爱的大卫：

你很努力，我真为你骄傲。看你站在跑步机上，绑着安全带，用各种小圆球和气球练习双手与眼睛的配合，跟着比利·乔尔的音乐大声歌唱，我从未这般敬佩你，从未这般爱你。

今天，在你接受1小时的作业治疗时，我沿着密歇根湖走了走。我再次开始感知事物，那些微小的事物，享受阳光倾洒在身上。遇到有人评论我隆起的肚子，我也报以微笑。我和你一起回归了生活的轨道。

亲爱的大卫：

这一天起起伏伏的。心理咨询时，你坦诚地和普拉特医生聊了你的遭遇。你似乎才开始真正理解在自己身上发生了什么。你十分沮丧。一切行动都提不起精神了。你告诉我们，你很难过，你觉得已经不是过去的自己了，不明白这样的中风为何会发生在你身上。我尽全力才克制住自己哭泣的冲动；我希望为你而坚强。我告诉你，我也很难过，我也不明白；可是，我知道你一定会战胜这个困难，这该死的处境下我不想硬找什么“一线光明”。可我心里知道，这条路走下去，我们会找到离开地狱的出口。过去3周是你一生中的谷底，中风之后重新出发将是你最艰巨的挑战；可我毫不怀疑，你一定能战胜。我们会一起战胜。而最终，你不光能找到100%的自己，更是110%的自己；因为历经此番地狱的磨炼，你将更加感恩生命、感悟生命之美。嘿，你还活着。这是一切的起点：你还和我们在一起。我从未如此感恩生命中任何一件事。你在这里，渐渐变好；最终，我相信你会拥有焕然一新的人生。你会成为更好的人，成为更好的丈夫、兄弟、儿子、朋友。更好的医生。更好的父亲。一个更善良、更温柔、更懂得感恩的人。

还好，心理咨询后是物理治疗，你总是更乐意。我们把你绑在反重力仪器上，那确实很酷，你奔跑时只会感受到50%的体重。你很满意，虽然你评论（大声地！）说“这让睾丸感觉很奇怪”。

物理治疗师超喜欢这个段子，哎呀！物理治疗结束后，又有一群朋友来看你了。你儿时的伙伴泰迪，他从森林湖过来；你大学时的朋友彼得；你当住院医师时的朋友威尔。你人生中 3 个阶段的 3 个朋友聚集在一个房间，因为他们都如此爱你。你笑了很久。回想起儿时的记忆，听了最近住院医师的八卦，你的心情彻底被点亮了。

晚上也不赖。在床上，我重复着我们每天的祷语："每一天，我都会在各个方面变得越来越好。"我问你是否真心相信，你说是的。我忍不住拥抱你。真高兴你在身边。你那么美好。看着你入睡，你的脸上写满纯真，你的身体在白色毯子下蜷着，你看上去那么安详。但愿你正做着好梦。我一直喜欢看你睡觉的样子（抱歉这听着有些诡异）——可我确实如此。你看起来那么……平和。可现在更显得平和。好了，你明天要早点起床吃早餐，而我也要回家带着我们可爱的佩妮遛一圈。我爱你。睡个好觉，做个好梦，亲爱的。愿今晚的睡眠有助于你康复和平静，愿上帝在你的大脑和身体里创造奇迹。我爱你。

亲爱的大卫：

今天你累趴了。我们出了两次门，物理治疗课又完成了高强度练习，所以此刻你已躺在床上。未来几天，我们想了几个有趣的活动，你问我周末可不可以回家住。我很心疼，因为天哪，我太希望你回家睡了。可是，还要等两个多星期——你知道，每时每刻，我都在倒计时。并且，我太爱你，除了和你一起待在这个房间，哪儿也不想去。

亲爱的大卫：

今天是个好日子。10点钟，我和彼得、杰基一起来接你。我们带你去了你最喜欢的周日吃早午餐的地方。回到真实的世界和喜欢的地方，你很兴奋，说话有点傻里傻气、口无遮拦，不过那都没关系。你点了最喜欢的奶昔，吃了煎蛋卷，然后我们一起散步，来到我们的新家。

我喜欢向你介绍我们的新家，喜欢看你见到所有熟悉的物件、钟爱的照片、用旧了的家具。可最棒的是看到你和佩妮重逢时，你那么开心。它激动地扑向你，你手臂上的抓痕算是留下印记了。它又是叫，又是呜咽，又是舔，告诉你它有多想你。我们一起带它逛了一圈公园，你在路上清理了它的粪便。然后，我们回到家中，接下来可能是我一天中最喜欢的部分：我们什么也不做。真的什么也没做，可我们待在一起，我们待在家里。我们在沙发上依偎着，聊着我们的新家。我们都困了，就小睡了一会儿（我们3个，如果算上佩妮）。

醒来的时候，客人刚好来了。你的朋友斯戴芬来了，你父母来了，还有艾琳、安娜贝尔、威尔，以及迈克、玛丽和库珀。我们的家欢闹起来了，你很高兴见到高嗓门的侄子侄女们。我们在新公寓周围走走，看了屋顶休息区和观景阳台。我们带孩子们去看了狗狗的新公园，还在外头玩了一阵。安娜贝尔一直把公园里的鹅卵石往嘴里送。然后，我们回到屋内，点了卢·玛尔纳蒂餐厅的比萨。那天可真完美。太美好了，一点儿都不想让它结束。

该回康复中心了，我们俩都无比沮丧、眼含热泪——你父母送我们回去的时候，我们一直依偎在车后座。我不住地提醒我们俩，还有两周你就可以出院了。每天都能在一起，那感觉该多好啊！我们再也不会把这视作当然了。

亲爱的大卫：

又一周开始了。我们的倒数第 2 周。只要平稳过渡就好。你开始变得更清醒，这当然是很好的。可随着你更有意识，你开始问很多问题。你开始理解，发生的这一切有多严重，为此，你的心情很复杂。

亲爱的大卫：

虽然听起来像陈词滥调，可你确实一天天好起来了，我们很激动。

今天，你和你父亲回想了一遍《指环王》里的所有角色。

亲爱的大卫：

我们又往前迈进了一天。约翰·L来过了——他专程飞来看你。今天任务很重，因为明天放假，你要完成两项物理治疗和一项作业治疗。没有时间午睡。我们到外面散了步——你带约翰去了海边，我们又在公园里坐了会儿。

晚上你筋疲力尽了。睡觉前你问我，到底发生了什么，我就把整件事给你讲了一遍。这次你所表现出的理解、领悟，之前我从未见过。

刚开始，你感觉很好、很乐观，因为我列出很多理由，告诉你为什么应该心怀希望、自豪和信心。你很喜欢我称你为“我的超级英雄”。

你闭上了眼睛。

然后，你又睁开眼，转向我。整张脸上是一种紧张、不自然的表情。我以为你在跟我闹着玩，故意逗我。一整天你都带着一种嘲弄的、戏谑式的幽默。于是我问："你在开玩笑吗，想吓唬我？"我以为你只是玩笑，那个极端的表情我从未见过。可你摇头，不，你没有闹着玩。我坐起身，来到你床边，问怎么了。你的回答是："我很害怕。"

于是我们又讨论了你的处境，我列举了很多人的名字，说他们都在帮你、支持你、陪着你。这段旅途中，你永远不是一个人。而每走一步，我都在你身边，包括你的整个家庭和所有朋友。

而你对我说，你害怕是因为周一要去约翰·汉考克中心，接受语言治疗。你很害怕待在那栋高楼里。你担心会被丢在那儿，或从那栋楼坠落。我问，假如我陪你一起去，会不会感觉好些，你说会的。那么，周一我就陪你去约翰·汉考克中心吧。

然后，我给你讲了个故事。我告诉你，每晚离开你病房前，我都会在熟睡的你身旁祈祷。我祈祷上帝把你捧在手掌心，让你获得休息、平静、希望、安慰和治愈。我祈祷圣灵在这个房间里、在你的大脑和身体里、在你了不起的医疗团队的妙手仁心中创造奇迹。我祈祷天使们整晚都守护在你的床边。我告诉你，从法戈到芝加哥，我们同时起飞，可我坐民航班机，你坐医疗救援飞机。我祈祷整个飞行中都有天使环绕着你们，给你带去平和与安慰。我知道真的有天使——因为我的航班一直颠簸得厉害，而你的飞机什么事也没有。我告诉你，之所以坚信这一切，是因为天使们在指引你的航行，保证你的安稳，他们会一直如此。我们也要继续保持信心。

你喜欢我的故事。你还说："天哪，我经历的可真不少。"

这话用来描述这一年，显然太温和了。可是，你能如此表达，在我看来意味着希望。这表示你在聆听、反思、理解和回应。你经历了很多，你也意识到了。

第 25 章

“我的狗叫什么名字？”

“奇基！”大卫叫起来，边说边笑。

“奇基是……”

“奇基就是奇迹！”

这是大卫和他的康复医师理查德·哈维医生日常打招呼的方式。每天早上，哈维医生都要按例查房。他不紧不慢地走进来，左右两侧围着一群住院医师和实习生。

哈维医生是走进我们生活的另一位善良而性格鲜明的人物。在大卫中风初期和康复的数月间，他很快成为我们团队的一员。哈维医生是芝加哥康复中心的物理治疗与康复领域带头人，高瘦身材，戴一副大框眼镜，脖子上挂着听诊器，总是笑容可掬的样子。他热爱瑜伽和专念训练，相信乐观的重要性；他穿裤子总喜欢故意露一截，现出各式各样、颜色不一的袜子。

哈维医生得知大卫也喜欢狗，于是每天的记忆测试就从他家的狗开始。最初，大卫不记得哈维医生家养狗的事。重复几天后，大卫能记得这条狗，但想不起它的名字。“我希望你记住。大卫，我的狗名字叫奇基，好吗？奇基就是奇迹。”哈维医生掏出手机，翻出很多奇基的照片：在密歇根湖边嬉闹，在草丛中晒太阳，纵身一跃接球。“明天我再问你，好吗？记住奇基。这是你每天的定向测试，试试你的记忆如何。”

“好的。”大卫表示认同。他能记住吗？我很怀疑。大卫的身体确实每天都在恢复。他的平衡能力增强了，可以爬几步楼梯了，我们也能带他走更远的路。可他的记忆能力还很弱。每天，我都要问他好几遍有关日期和地点的问题，现在我也开始问：“哈维医生家的狗叫什么名字？”

我尽量每天早晨出现在大卫和哈维医生的对话现场。首先，我挺喜欢哈维医生这个人。他的积极态度和幽默风趣总让人精神一振，而我也有机会与他探讨，向他提问或转述大卫其他家人的问题。

一个仲夏的早晨，我急急地穿过大厅，想赶上大卫一早的训练。我的日常是，起床、遛狗、快速吃早餐、去康复中心。可那天走进大卫房间的时候，人已经不在了。我想大概错过哈维医生的测试了。我知道，大卫只可能去 3 个地方——物理治疗室、作业治疗室或语言治疗室——于是逐个寻找。他不在语言和作业治疗的地方，于是我沿着走廊，来到用于物理治疗的健身房。还没进去，就听见了音乐和笑声。

和所有住院病人一样，大卫上跑步机时，必须系上从天花板垂下的安全带，以免因失去平衡而摔倒。坦白讲，那场景挺让人伤心的：我丈夫曾是个身体强健的运动员，赢得过大学各项体育比赛的荣誉，可如今他在跑步机上站也站不稳，只能靠一种形似马缰的安全带维持平衡。然而，那天的情形完全不同：走进健身房，我看到大卫在跑步机上侧身行走；更准确地说，大卫在跳舞，在走藤步。他一边听着健身房的音乐，一边在步伐中添加节奏和韵律。我还记得那首歌是月球漫步乐团的作品，曲调很欢快。假若一切未曾发生，我和大卫会就着这音乐在婚礼上跳起来。

我说，你犹豫不决；

她说，闭上嘴巴，和我跳舞！

我当场怔住了，默默注视着。大卫就在那儿，在跑步机上跳舞，和治疗师抛接球，同时回答另一人的提问。我惊讶得张大了嘴巴。我看向离我最近的物理治疗师，她冲我点点头，好像在说，我明白，不错吧？实际上她说的是："他的舞步太好笑了！"

我和大卫都喜欢跳舞，虽然舞技都很糟糕——状态好的时候，我的舞步只比美剧《宋飞正传》里的伊莱恩好一点儿。可我们还是喜欢跳舞，可以说，一下就爱上了。大学恋爱时，我们常去那家名叫"蟾宫"的纽黑文酒吧跳舞，虽然条件很简陋。在那儿，一便士就能喝啤酒和跳舞（如果鞋子没有粘在黏糊糊的地板上）；歌单总是耳熟能详，无非 Journey 乐队或者迈克尔·杰克逊。此刻的大卫，跳得无比投入，仿佛回到了"蟾宫"酒吧——自己玩得开心，也让旁观的我们大笑不已。

亲爱的大卫：

今晚睡觉前，你亲吻了我的肚子，说了声"晚安，莉莉"。你今天的物理治疗棒呆了——你在跑步机上侧行，同时抛接球和回答问题。

我准备收拾一下，回我们的新家去了，可是，没有你的家里空荡荡的。天哪，我好想你。

假如我们还在原来的生活里，你也没有在 30 岁的年纪莫名其妙患上中风，我们应该已经有了很多新的回忆。想想真是残酷啊。所以，今天我看见你，便抱紧了你，告诉你我有多爱你，我不住地在想，感谢上帝你还在我身边。我看到你越来越困，眼皮重了，而我唯一想到的，是我那么爱你。

每一天，我们都过得跌宕起伏。那个7月，我姐姐产下了第二胎——一个健康的小男孩。产后不久，我和大卫一起，跟她FaceTime，“迎接”我们的小外甥。

第二天，晴朗无云，我和大卫决定趁着疗程间歇到附近海滩走走。我们穿过湖滨大道，经过一辆警车。大卫扭头对我说：“我很想吼那个警察，可以吗？”

“不！你不能对他大喊大叫。”我严厉地耳语，催促大卫穿过马路，远离那辆警车。

随着他逐渐康复，大卫的一些个性开始显现，可大多数时候，他就像喝醉了酒，或回到了青少年时期。他经常给陌生人起一些粗鲁不敬的绰号。

就像现在，我们走在密歇根湖岸边拥挤的步道上，距离康复中心仅仅几个街区，大卫便冲一个身着泳衣的女人和她身边的肌肉男说：“嘿，让一边儿去，慢鬼！”那女人一脸诧异地看着我们。她身边的男人似乎快要抡拳头了。“对不起！”我赔了笑脸，迅速把大卫拽出来，远离他们，心想着，趁大卫没被打成熊猫眼，赶紧回去吧。

大卫辱骂行人，并非因为他好战或粗鲁。实际上，他甚至根本不知道自己错了——他大脑中有关冲动控制和管理的神经系统因中风而严重受损，所以他完全是不受约束的，经常“判断失当”（委婉的说法）。这些随意冒出来的话，在他看来纯属开玩笑；可这些“玩笑”的对象并不这么认为，所以带大卫到公共场合去愈发成了问题。

那天晚些时候，我把大卫的一位治疗师请到一旁，讨论这个恼人的新动向，毕竟他差点对一名警察吼叫。“治疗间歇，我挺喜欢带大卫出去的。沿湖散散步，对他来说，既是有效的刺激，又是不错的锻炼，我觉得还能改善心情。可是，当他吼叫甚至辱骂陌生人的时候，就让人非常窘迫。今天，他差点吼了一名警察。”

语言治疗师蕾妮边听边点头，深思熟虑后回复我：“了解了。中风发生后，我们第一时间是希望大卫回答问题，而不是主动发起交流。现在，他开始主动交流了，可显然不是我们期待的方式。在语言能力恢复过程中，这种情况是正常的。我们要让他往回收一点儿，以一种社会认可的方式发起对话和交流。”蕾妮提醒我，不管他做什么，我们都不可以取笑他。那晚，我给他的男性朋友们发了封邮件：“大卫可能口不择言，千万不能取笑他，也不能鼓励他的行为。”

而有时，大卫的举止又像个甜甜的、无助的小孩。说话方式上最为明显。当他不随意辱骂行人时，又会以一种童稚的声音展开对话。这口吻我很熟悉——对我、对我家的小狗、对他母亲，他都会用这表达爱意的方式。那没问题。可大卫对他的医生、同事、治疗师们也这么轻声细语、柔情蜜意，就不合适了。

我们提醒大卫别孩子气地说话，有时倒也挺逗。“大卫，像大人那样说话。”蕾妮督促他。

“嗨！你好吗？”大卫以一种颇受大众欢迎的男中音回应。那戏谑的低音像极了威尔·法瑞尔[①]在模仿罗伯特·古利特[②]。

“那是播音员大卫的声音，”蕾妮笑着说，“好点儿了。不过，现在尽量用正常的成年大卫的声音，不是小时候的大卫，也不是播音员大卫。”

“你好！”大卫回答。听上去介于小孩和他扮演的罗伯特·古利特之间。

尽管最初我觉得焦虑、沮丧，大卫倒是精神状态挺好，进步也很明显。有时我们会庆祝一番，很多时候我们也会开怀大笑。

① 威尔·法瑞尔（1967—），美国编剧、演员。——编者注

② 罗伯特·古利特（1933—2007），美国著名歌手。——编者注

病房里，朋友们和探望者络绎不绝，大卫总是欢乐的核心，有时像在开一场热闹非凡的鸡尾酒会，只不过没酒罢了。康复中心的一位物理治疗师告诉我们，探望大卫是她一天工作中最精彩的部分，因为他友好、乐观、有趣；而更重要的，是他的进步清晰可见。

一天晚上，我在给大卫的信中写道：

亲爱的大卫：

你看，从很多方面（多数方面）看，最近是我人生中最糟糕的几周。对你来说，甚至更糟。可是，冥冥之中，又是我们共同生活中最有意义的一段时光。我们每天都在兑现着婚礼上的誓言。那一大段“无论顺境或逆境，健康或疾病”的话，每一天、每一小时，说的都是我们的故事。

很多层面上看，我们从未如此紧密地联结在一起。你看，你是个住院医师，结婚这么久，我们从未长时间待在一起。你的工作日程满满当当，总是剥夺你在家的时间，总要有所牺牲。现在，我们每天 12 个小时在一起，每天都是。我们无话不谈。我们每顿饭都一起吃。我们如此亲密，我甚至知道你什么时候上厕所；我低头看 30 秒手机，再抬头看你时，你就会盯着我问：“你还好吗？”你对我温柔而深情。我们散步时你会找寻我的手。你希望我的陪伴。我想，我们终于获得了一直奢望的独处时光。只是很抱歉，必须在如此的境遇之下。

我们不离不弃，超过以往任何时候。我们是一个团队，每天都一起作战。你不是一个人。你和我一起战斗——为我们的未来而战。为我们的生活而战。为重获过去的美好回忆而战。为曾经忽略的、现在想保住的自由而战。为我们的未来美梦成真而战。为我们的女儿而战。为这个尚未出生的女儿和我们一直想要的更多孩子而战。我们一定会成功。我们一起。

在康复中心治疗几周后，大卫的康复团队聚齐开会，讨论当前情况，并给我们出具最终诊断书。他们称之为“家庭团会”。在我们的团会召开前，我心忧如焚。他们将如何预测大卫的生活，也就是我和我家庭的生活？我该如何接受这新生活，不管它是何面目？

我们在会议室里集合。我婆婆最近在家里楼梯上摔倒，尾椎骨断裂（是的，没错，命运在我的家人们中间恶作剧吗？），所以无法入座。我记得她全程在桌边徘徊，而家里其他人都坐在那里，板着脸、神色紧张。

医疗团队开始陈述。首先，他们通报了大卫的认知治疗评估结果。每天早上，他们都对大卫进行盖尔维斯顿定向和记忆遗忘检查（GOAT），通过一系列基本问题，了解一个人对周围环境的认知程度。你叫什么名字？你在哪座城市？你的生日是哪天？诸如此类。

功能健全的成年人在 GOAT 测试中会得 80-100 分不等。患记忆缺失的人会低于 75 分。要证明记忆功能恢复，必须连续三天在 GOAT 测试中获得 76 分及以上。

大卫刚来时，康复团队告诉我们，100 分的测试，大卫得了 8 分。他们说他短时记忆功能受损，执行功能彻底丧失。损伤是全方位的，从他发起行动的能力（比如，我必须通过洗澡来清除满身臭汗；我必须吃掉面前盘子里的食物；我必须把空盘子拿到洗碗机里）到设计复杂排序的能力（我要先起床，离开被窝，再上厕所，再穿衣服）。执行功能是一个成年人实现生活自理的保障；它让我们自发地、创造性地完成每天的生活任务，从而成为个人生活的“执行官”或主人。这些是我们每天都会做的事，甚至不需要思考。

而大卫是无法独自处理这些事情的——日常生活中最简单的动作都需要不断催促和提醒。比如，你必须“告诉”他穿上运动鞋；必须“告诉”他系鞋带；接着，必须“告诉”他从床上站起来，以及下面要做什么。

此外，由于中风损伤了他的丘脑，而丘脑控制着大卫的睡眠和清醒时间，所以，他经常觉得极度疲劳。也正因此，他才需要那么多睡眠，除了晚上睡觉，白天也经常会打瞌睡。

可是，那天我们围坐在桌边开会，大卫的医疗团队居然告诉我们，他们的目标和期望，是让大卫完全康复。诸多因素，包括他的年龄、治疗计划、“病前状态”——大卫中风前的身体功能和状态——都对他有利。过去的生活中，大卫身体机能发挥得很好，大脑中有超过平均数的神经元承担着他整形外科医生的工作。曾经的他身姿矫健、四肢强壮，过着充实而多维度的生活，家人、朋友众多，社交活动丰富。种种因素，加上他的年轻和大脑再生能力，都是大卫最重要的资本。医疗团队估计，假如他愿意，大卫甚至能回到整形外科住院医师的岗位上。他们把目标设定在2016 年 7 月，即一年以后。

房间里一时静默无声，列维家人们互相看着，有的惊愕得张大嘴巴。我们非常高兴，这是当然的，可也不太敢相信。这个我刚刚留在病房的人，必须听到指令才会喝掉自己杯中的水。他甚至无法握笔写下自己的名字。

我相信神经可塑性，也相信大卫，可他差点死掉的情景还历历在目、鲜明如昨。后来，我们又预测他会成为植物人。回到整形外科医生的岗位？这份工作连没得过中风的我都无法胜任，大卫居然能回到那里？

那天晚上，我在信中写的是：

亲爱的大卫：

今天是召开家庭会议、听取诊断结果的日子。他们推测你会完全康复。

真好。

等等，这是真的？！

太好了！！！

真好，可是怎么做到呢？你甚至不知道自己在什么地方。完全康复？不会吧，怎么做到？

第 26 章

离开芝加哥康复中心，我们终于回到家里了。可我却忧心忡忡的。康复中心好似一个安全的、包裹严实的蚕茧，是一个可控的环境，而真实世界远非如此。在康复中心，我只需做一个提供支持、活跃气氛的伴侣，并不承担监管大卫每日健康状况的职责。护士们会监测关键脏器，督促他按时服药，谨防他洗澡时摔跤。大卫几次三番试图自己刮胡子，留下一张好似《暮光之城》临时演员的面孔；可大量优秀的（训练有素的！）医护人员围在身边，避免他给自己造成实质性损伤。可回到家，就一切未知了——突然间，目力所及都是安全漏洞：台阶、前门、车门、浴缸。

某些层面看，眼下的处境比大卫身体虚弱时更加隐患重重，因为他四肢发达，却心智不全，自身就是高风险因素。好比照顾学步期的小孩，我们要考虑得很周全，确保他平安并时刻处于可见范围内——可我们的这个小孩重达200多磅。如果他想出门散步，结果走上高速公路呢？谁来帮他洗澡？谁提醒他吃药？

我已进入孕晚期，书稿最后一轮修订的截止期也迫近了，在那之后，我就得休产假。我的文学代理是一位忠实的朋友，一直全力支持着我；和出版社每个人一样，我的编辑也非常友善，充分理解我的处境。假如我提出延期交稿，他们应该也会同意，可我并不想那样。其一，我从未错过任何截稿期，这次也一样，否则我会怨恨自己。这本书对我很重要，我付出了相当的辛劳，也做好了出版的准备。再者，我希望赶在孩子出生前交稿，因为现在已经焦头烂额，等到新生儿来临，我的生活状况只会更严峻。现在的每时每刻，我都要用来照顾大卫，可一转眼，就得照顾大卫加上一个新生儿。我必须迅速完成这本书，即便是为了我自己。

经过几次全家商议，我们决定把大卫转到位于诺斯布鲁克的芝加哥康复中心的分支机构。这是一家康复门诊，从芝加哥向北开车30分钟就到。在那里，大卫将接受最高强度的康复治疗——一周5天、全天候的训练。这段时期，我们将和大卫父母住在一起。

起初我是反对的。我即将带一个小生命来到世界，自然想待在自己家里，而不是睡在大卫中学时的房间。而且，接连承受了法戈的混乱局面、重症监护室和康复中心的住院治疗，我很渴望回归正常的生活状态。我本能地、强烈地希望建立属于自己的小家庭，在我自己的空间里迎接孩子的到来。可是，大卫父母的话极具说服力——我也逐渐认同——我所需要的支持，只有在家人中间才能获得。

于是,我们进入了芝加哥北郊生活的新常态。搬进大卫卧室，周围都是他儿时的运动奖杯和中学时代照片。虽然公婆真心以待，我还是下意识地感觉住在别人家。我在用别人的厨房、洗衣间和浴室。我在别人的住所。可是，假如一定要住在别人家，没有哪里比这儿更好了。大卫父母总是说 :"'姻亲'只是个说法，我们一直把你当女儿看。"他们就像全世界最好的家人，让我们感觉仿佛生活在自己家中。

在大卫家乡，距芝加哥一小时车程外，我们度过了人生中最不堪回首的那个夏天的最后一段日子。我在后门廊修订书稿，耳边传来公公修剪花木的咔嚓声。大卫去了康复中心，所以到了下午，结束当天的工作后，我就会牵着爱犬好好散个步，或到附近朋友家泳池里游几圈。我和婆婆负责做菜,大卫和公公负责洗碗。到了晚上，我们一边用餐，一边看着鸟儿们觅食 ；然后，一起玩棋盘游戏，或蜷在沙发上看电视 ；很快，大卫便早早地去睡了。

搬到大卫父母家时，我们带了一件格外珍贵的东西。离开芝加哥康复中心前，我一一整理了这段时间的信件和电邮。大卫中风后，过去生活里的很多人都频频联系，留下感人肺腑的话语，大卫甚至还无法读懂——至少现在不能。我把那些写给我们一家、写给他哥哥和父母的来信都收藏起来。有些是以前的队友和大学朋友写来的，有些是大卫过去结交的人，他们聊起大卫是如何激励他们、对他们的生活产生影响的。我嫂子艾琳买了个皮面笔记本，我们把所有信件都收藏起来，给它取名为《大卫粉丝会书信集》。

刚回家那会儿，某天，大卫坐在沙发上读这本集子，花了好几个小时。

“觉得怎么样？”看着他一页页翻过去，我问。

“有点累。”大卫回答。

“读起来有难度？”

“嗯。”他承认。声音有点虚弱。他看上去兴致不高。虽然读信让他感动，可也耗费了不少精力。他不觉得自己是大家所知的那个大卫，信中描述的那个人。

我也同样矛盾。读着这些文字，激励人心、感人肺腑，没错；可我必须承认，内心某个角落是悲伤的。所有这些信件，描绘了一个我曾经认识和爱过的男人，而他已经离我们远去。我不知道，这个人还能否回来。

还有些事情也让我害怕，如若不设法挣脱，焦虑感可能随时萦绕我，让我喘不过气来。有一次，大卫差点从楼梯上摔下去，还好他及时抓住了栏杆。下车后，我经常需要回头检查一下，看看大卫有没被困在车里。还有一次，他脸上长了一块雀斑，很是碍眼，我便给他约了皮肤科医生。我时刻担心会失去大卫，所到之处，都觉得不安全。

一天傍晚，大卫从康复中心回到家，我和他外出散步。离开车道还不足百步，大卫就扭头对我说，他觉得头晕，似乎要晕倒了。我们立刻往回走。回到屋里，我把他扶到沙发上，大声喊他的父母快来。“大卫不是二次中风。”尼尔森说。他准确捕捉了我心底的恐惧。大卫只是因为日照和高温而眩晕，他的眼睛难以适应刺激，比较敏感。

我意识到，这种恐惧可能会伴随余生，仿佛一个永远存在的伤疤，虽然表面看毫无印记。6 月 9 日那宿命般的航班上，我穿着一身飘逸的上装和瑜伽裤，那套衣服我以后再也不穿了。我强烈地感觉到，穿那身衣服就会重历那些时刻：原本好好的，一夜间便到了法戈重症监护室。我再也不想重来。

我知道，从今往后，内心的警钟会经常敲响。我紧盯大卫眼睛时，他会很不自在，“你在做什么？”他边问边躲闪我的注视。

我在检查他左右的瞳孔，有没出现不对称的散大。

最初，我们担心大卫的眼睛需要手术，可渐渐地，它们自我修复了。神经眼科医生给他布置了每日眼部作业（我们称之为“大卫的眼部俯卧撑”）。一次，在神经眼科医生诊室，大卫戴着一副特制眼镜测视力。那眼镜很滑稽，一只镜片涂成红色，另一只涂成蓝色。大卫戴上眼镜，就像佯装飞行员的迈克·迪特卡和一身花哨打扮的艾尔顿·约翰的结合体。我忍不住笑了，大卫偷瞄了一眼镜中的自己。“哦，老天爷呀！”大卫喘了口气，对着镜中的自己笑了。这反应很快、很自然、很滑稽，太像大卫了，我不禁心中喜悦。他看到自己的样子，并意识到有多滑稽，这种自我意识是从未出现过的。我大笑，不仅因为丈夫模样搞笑，更因为他意识到自己的滑稽，和我一起笑了。

渐渐地，随着每天的训练，大卫的脑神经功能逐渐恢复，双眼也开始自我修正。他又能上下、左右地看东西了，复视症状也有所缓解。不久，复视便只在早晨睁开眼和疲劳时才会出现。他的视力也回归了，接近激光手术后的正常裸眼视力。我们欢欣鼓舞，大卫不用做视力矫正手术了。

9 月底的一天，发生了一件事，连大卫也有点恼火了。那时，他刚做完一个叫 Lumosity 的脑力训练游戏，从楼上下来，坐在沙发上看报纸。读着读着，报纸上的单词变成一团乱麻。“我突然看不懂了。”他事后回忆，“每个单词我都认识，可连一块儿，我不知道是什么意思。我知道发生了某种诡异的状况，我觉得我的脑袋很奇怪。”

之后，大卫感觉筋疲力尽，困惑不已。于是，他施了一招，每逢恐惧无措他都如此：睡一觉。

我们称之为“大事件”，因为除中风外，那是对大卫最重要的一个时刻。休眠良久后，他觉得大脑某些部分真的燃烧起来。好比大脑历经磨难伤痛，终于开始抱怨生活并加以还击。“我很困惑，可我知道那是好现象，表示神经重塑还在发生。”

还有其他时刻，他也觉得大脑“很奇怪”。他会抱怨一些场景似曾相识或大脑一片混沌。有时，他觉得能预判事情的发生，或先于说话者而知道他们将说什么。这些都是他逐渐恢复的征兆，他的大脑正在一步步重新上线。

大脑及其功能的很多方面都是谜团，即便专家也无法解答，创伤性脑损伤的恢复也是如此。与接骨或换骨不同，创伤性脑损伤的修复过程不是线性的，尚非科学所能解释。有时，大脑状况有点“奇怪”；有时，需历经反弹，才可见明显好转。这都是大脑修复的过程，有点吓人，时而令人沮丧，时而叫人振奋。我们必须牢牢秉持希望，即便在混沌和困惑中——或许尤其在混沌和困惑的时刻——因为，修复过程正在发生。

第 27 章

2012 年 6 月，伊利诺伊州，芝加哥市

搬到芝加哥后，我觉得是时候认真考虑当个职业作家了。很庆幸，我在父亲与合伙人创办的清洁能源公司做兼职咨询工作；加上大卫当住院医师的微薄薪水，足以支撑我们的生活。可往复奔波于纽约和芝加哥两地，是不能长久的，假如我真想当职业作家的话。

多年来，当作家的想法一直萦绕心头，我也在业余时间里坚持写小说。我对自己说，必须在六个月内完成一部手稿，然后寻觅出版机会。我热爱写作。这是我唯一想做的事。可我该如何将它变成职业？当作家真的可以维持生计吗？我不知道。

过去四年来，我一直将作品交给一位文学代理——杜普里·米勒联合公司的莱茜·林奇。她在自己的领域里是个厉害角色，并一直以包容的心态给我支持和鼓励。一个月前，她对我多次央求的答复，终于从“我觉得你还没准备好，试试看下一本”大致转变为“好吧，差不多了，我们着手吧”。

2012年5月，我们正式确立了工作关系。我和大卫搬家的那个月，我们开玩笑说，我俩已经“从恋爱发展为订婚”了。我知道，一旦我的作品符合要求，莱茜便会为它找到感兴趣的编辑。我给自己大半年时间用来专心写作和投稿。假如届时无果，我就去找一份卖瑜伽服或端咖啡的工作，同时继续写小说。

那个夏天，我快马加鞭完成了《叛徒之妻》的手稿。这是一部历史小说，讲述美国独立战争时期贝内迪克特·阿诺德的妻子佩奇·希彭·阿诺德的故事，她是阿诺德臭名昭著的叛国罪背后的关键人物之一。

大卫开始了住院医师的工作，进展并不顺利。当了多年学生，他在医院环境中很不适应，对自己身为外科医生的职业水准也不自信。同时，我们都为露易莎担忧，她正经历多发性骨髓瘤的密集治疗。那个夏天，我婆婆接受了干细胞移植，与死神擦肩而过。整个过程很恐怖，恢复期也很漫长、难熬。有段时间，露易莎甚至必须被隔离，因为身体太虚弱，无法暴露于其他细菌之下。

那次治疗之后，在她的丈夫和亲人们，以及芝加哥大学出色的医疗团队的悉心照料下，露易莎逐渐好转，身体强健起来。她的头发又长回来了。她又能吃饭了，肌肉组织也开始重建。露易莎曾是三项全能运动员，虽不比从前，可她又能走远路了。于是，我们便经常带着佩妮一道散步，讨论诗书和人生。她还分享了快要当祖母的兴奋，只待那秋高气爽、落叶金黄的时节来临。

到了秋天，我和大卫都安顿下来，适应了芝加哥的生活节奏。距离自我设定的抉择期限越来越近了，我得决定是转型为全职作家，还是以负责任的态度留着后备计划，确保大卫医疗培训阶段，我们经济上能稳定下来。

我永远记得那一天，2012 年 11 月 17 日。那天是我母亲生日，我飞往东部观看耶鲁 - 哈佛校际橄榄球赛，当年轮到哈佛主办。大卫忙于工作，我便打算去找玛丽亚，和朋友们一起看球赛。落地波士顿后，我打开手机，瞬间收到一条消息。

是我的文学代理莱茜发来的："方便说话吗？"

又收到一条，重复问题，只是问号更多。"方便说话吗？？？"另外还收到了莱茜的语音留言。我听了一下。

玛丽亚在路边站着，等我从机场出来。见到她的时候，我还在听莱茜的留言；我对她做了个手势，再等一分钟。直到把信息听完，我放下了手机。

我冲玛丽亚一笑。刚好是玛丽亚，太完美了——她是我从前的室友，第一个读我小说的朋友，也是第一个对我说一定能行的人。“玛尔，我的书要出版了。”这句话说出来，我自己都觉得不可思议，“西蒙与舒斯特出版公司决定出版《叛徒之妻》。”

第28章

大卫在物理治疗中持续表现优异，于是，芝加哥康复中心那了不起的医疗团队决定，让我们想办法挑战他、激励他，给他出难题，让他每次训练都有目标，否则会觉得无聊。锻炼对每个人都是有益的，而对大卫来说，这是神经可塑的关键步骤。肢体运动与练习能改善血液循环，帮助大脑重塑神经元。并且，平衡训练对他有切实的帮助，而锻炼本身又能改善心情。所以，他的物理治疗师和他一起锻炼，希望能改善他的身体素质，同时进行思维训练，比如，让他一边做平板支撑，一边回答有关整形外科的提问。

显然，跑步机和普通的物理治疗已经不适合大卫了。于是，他的物理治疗主治医师莉萨建议他参加在芝加哥城区举办的“迪特卡短跑”比赛。这是以富有传奇色彩的芝加哥熊队橄榄球教练迈克·迪特卡命名的。

莉萨给我打电话，建议大卫报名参赛。我看了看日历，一时没有给出肯定答复。首先，比赛日期距离预产期不到一周，如果我提前生产——鉴于肚子大小这是有可能的——大卫就得放弃比赛。这是小事。可还有第二个担忧：大卫准备好了吗？现在是10月，距那场险些致命的中风，仅仅过去4个月。中风本身，加上长时间在各家医院治疗，他现在身体很虚弱。9月份，我们刚回医院做了一个心脏手术，闭合那个可能导致大卫中风的卵圆孔。长期卧床休息和缺乏运动，已经伤了他的元气。

此外，大卫还是很容易疲劳。中风以前，5公里对他来说不算什么，他单足跳也能跳5公里；可如果现在做不到了，他会对自己失望吗？我们是要让他承受失败吗？

可大卫同意参赛，并即刻开始训练。他循序渐进地练习，从最初走小段路就累，到能够轻松上坡，到可以在跑步机上不间断小跑几分钟。9月一晃而过，10月转眼就来。我的肚子一天天变大，而大卫一直在坚持训练。

比赛当天，阴云密布、寒风凛冽。前晚，我和大卫住在芝加哥城区的公寓里——那是大卫第一次住在那儿。我们开车来到军人球场，也是芝加哥熊队大本营，早早开始为比赛做准备。

每位参赛者都必须穿上最像迈克·迪特卡的服装，我们也准备了。大卫穿着一件老式熊队毛衣，那是我在eBay上给他找到的，作为圣诞礼物送给了他。他早就想好了（这是执行功能的表现！），脸上也蓄了胡须，这点很像迈克·迪特卡。除了这些可爱的细节之外，他还戴上一副蛤蟆镜，额上系了一圈防汗带，说实话这么像迪特卡还挺讨人嫌的。

大卫的整个治疗团队都来跟他一起跑。如此寒冷、阴雨绵绵的周六，他们起这么大早前来，足以表明他们对大卫有多用心，不仅作为病人，更作为一个人来看待。

大卫的哥哥迈克也报名和他一起跑。自从膝盖损伤，几年前数次手术之后，迈克就不怎么跑步了；可他想和弟弟一起参加比赛。我们开着玩笑，赌两个人谁跑得更慢：得了中风的，还是膝盖摔坏了的。

大卫的父母也来观看比赛；还有迈克的妻子玛丽，她本就有7个月的身孕，还带着一个14个月大的孩子。玛丽和我慢慢走着，看选手们一个个奔跑过去。我们抵达终点线，等候着大卫和迈克。大约24分钟后，他俩出现了。擦身而过的时候，大卫那迪特卡式的小胡子下露出灿烂的笑容。他模样超级滑稽，可看上去很开心，晶莹的汗珠和10月的细雨给他绯红的面颊镀上一层光泽。大卫跑完了全程！

我想，或许我比他更高兴，因为他完成了比赛，如我希望的那样，越过了终点线。现在，我觉得，我们已经准备好迎接这个孩子了。

第29章

预产期是周一。有关早产的预测不攻自破。5天后的一个周六，我半夜醒来，觉得背疼。所有人都告诉我，早期宫缩就像下腹密集式地抽筋，所以，直到清晨6点，我才意识到，这种背痛是规律性发作的，很可能是“背阵痛”。

那天早上，我在家里小心翼翼地走着，想确认是否真的临产了。早餐吃煎饼的时候，我每隔几分钟就要扭动腰腹，双手按压下背部，看来是真的。因为大卫不能开车，婆婆便送我们去了西北大学普伦蒂斯妇女医院。大约中午，就到了临产和分娩楼层。

我们的女儿倒是一点儿不急。这一整天，宫缩时有发生，幸好硬膜外麻醉效果显著。我和家人们 FaceTime，细细想着我们就要成为父母的事。

那晚，芝加哥小熊队将角逐美国职棒大联盟世界大赛的出线机会。一旦晋级，将是他们自第二次世界大战以来首次入围世界大赛；他们已经有一个多世纪没晋级了。所以，这是拼搏入场券的关键一晚。无须赘述，对大卫和煎熬已久的小熊队球迷来说，这是多么重大的时刻。整个芝加哥城都处在红蓝色的季后赛狂热当中。我们的产房护士说："刚来芝加哥的时候，我还不是小熊队球迷，可现在是了！"病房里放着比赛实况，在我宫缩间隙感觉稍好的时候，大卫就能看上一眼。

这是个美丽的秋日，夕阳渐渐落下。夜幕笼罩着这座城市，大家都心悬一场棒球赛。可我的孩子还是不紧不慢，终于，到了晚上 9 点，分娩开始了。

芝加哥康复中心的哈维医生可真了不起，见到大卫的第一天，他就告诉我们："我猜，你生女儿的过程，大卫会参与其中的。"那时我并不相信他。当然，我很愿意相信，我曾期望他是对的，可那时的我心存疑虑，我无法想象大卫如何能参与分娩过程，更别提照顾新生儿了。

可他做到了，真的。哈维医生说得没错。大卫全程都坐在我旁边。他监控着我的宫缩情况，给我加油打气，拿来湿毛巾，拭去我脸上的汗水。

有一刻，护士走神了，看向病房的那一头。大卫立即替补上来，在我宫缩的时候为我倒计数。结果，小熊队输了；输得很不光彩。假如换一个晚上，大卫一定灰心丧气；可今晚，他脑海里还有更重要的事。

两小时的煎熬后，莉莉降生了。在这个病房里，她和我们在一起，她成了这个世界的一分子，我们家庭的一分子。

产后几个礼拜，我公公才坦言，在我怀孕后期和整个分娩过程中，他和露易莎都十分紧张（他们在候诊室里坐了一天一夜）。他们非常担心，我在大卫中风和恢复时期的压力会给子宫里的莉莉造成不利的影响。

可莉莉生下来，她是完美的。我清楚记得她刚来到世界上的几个瞬间：莉莉的第一声啼哭，医护人员夹住脐带，让大卫剪开，他们迅速把她抱到秤上。我躺在床上看着，不能起身，也不能和他们一起簇拥在孩子身边。可我看见大卫一直在参与，在秤边俯下身子，专注地盯着莉莉柔软的、粉色的、小巧的身躯。我在他脸上读到：他彻底被她迷住了。

感谢上帝赐予我们莉莉。感谢上帝让大卫一直陪在我们身边，让我的女儿有机会认识她的父亲。

第30章

2013年冬，伊利诺伊州，芝加哥市

这么说吧：住院医师培训是对婚姻的考验。

还有另外6位妻子，他们的丈夫和大卫一样处于整形外科住院医师培训阶段。我们自称为“拉什寡妇”。这些女人明白，那感觉简直坏透了，其他任何人都不可能真正体会。我无法告诉你，多少次从那些丈夫不在医药行业的朋友和家人那里反复听到类似的话：“我一定不会那么做！”，或者，“我绝不会嫁给一个医生！”

好吧，我心里想，我有的选吗？我爱上的男人刚好选择了医学——外科学——作为职业方向，所以，我要么离开他，要么就得迎难而上，就像现在。而我也确实发现，这真的太难了。

我发现，世界上多的是艰难，甚至危险的工作。我有两个哥哥在部队，受派遣去了战区，所以我意识到，有些工作就是会让男男女女每天都提心吊胆。我也知道，这个国家里有很多很多的人在努力找工作，养活自己和家人，而身穿白大褂的外科医生并不太可能成为社会中任何人同情的对象。我承认、理解这一点，也认识到，一旦培训结束，整形外科医生的工作会给他们带来不菲的回报。

可我确信，医疗行业在高难度工种的神殿里应占得一席，尤其是培训阶段，尤其当你考虑它对整个家庭平衡造成的压力时。光是培训时长和严苛程度，就会让大多数头脑清醒的人们避而远之：4 年医学预科，接着医学院入学考试，再读 4 年医学院；然后，多数人会做几年研究或工作，把简历上这个阶段完成；再然后，5 年（平均）住院医师培训；在那以后，还要接受一两个专科培训。和你同期大学毕业的人很可能先专注于第一份工作，再逐渐爬上职业阶梯，收入也水涨船高；而医科生一直待在学校，一直在培训——非常艰难的课业和培训，整个 20-30 岁的韶华都要奉献出去，有的还不止于此。而与此同时，他们的薪水又低得匪夷所思（如果有薪水的话——而那些年，他们往往要支付高额费用以获得培训和课程；很多医学培训生在职业初期，都背负着十几万美元的债务）。日程表和生活方式都像是一种惩罚。大卫有次计算过，用住院医师培训的薪水除以实际工作时长，所得结果远远低于最低工资标准。

还有整个行业氛围。很多资深医生的行业理念是："嗯，我当年经历这些的时候，还要艰难。所以，你也必须承受同样的辛苦。"培训中的医生在整个团队中较年轻，他们往往还得承担下属的职责，就这样迈向30多岁的年龄——这还是大学毕业后立刻读医学院的情况。

此外，还有压力。我记得，在新闻编辑室，焦急万分的时候，我们经常靠这句话让自己冷静下来："我们只是在播新闻，不是救人性命。"可大卫永远不能这么说，因为，他的任务就是拯救生命。如果我在气氛紧张的新闻编辑室出错，电视屏幕上就会出现错字。如果大卫在医院工作时出错，一条生命就凶吉未卜。那种压力无形之中伴随着他每天进进出出。

可大卫顽强地坚持着，换作是我，一定不如他做得好。从起床到出门去医院，他只需要15分钟。他经常不吃早饭或午饭，晚餐也往往是残羹冷炙，那时我已熟睡。他灌进身体的都是功能饮料和咖啡。他常年脱水（某种意义上是好事——很多时候他根本没时间上厕所）。长期睡眠不足已成为常态。我记得，有天早上大卫醒来，全身颤抖，高烧近四十度，可他还坚持去工作。我当时想：这还怎么工作？我经常思索，为什么医生们要照顾所有人的健康，却无暇考虑自身处境。有时，这不仅荒谬，也全然不合情理。

有个说法我迟迟不能忘怀：医学是最黏人的情妇。很多时候，真觉得如此。嫁给医生，就意味着要分享伴侣。你们在一起的时间不是一个人的。寻呼机任何时候都会响——节假日、周末、半夜。你以为圣诞节可以回家探望家人吗？哈！你以为可以庆祝结婚纪念日吗？低级错误！哦，还有那场你想参加的婚礼——妻子的妹妹要结婚？呵，取决于那天有没有病例。这是医生离婚率那么高的原因之一。这远不止一份工作。正如已故的保罗·卡拉尼什博士写的，“你不能将医学视为工作，一定要算的话，就是全世界最可怕的工作之一”。

它是一种天职、一种神召，你得愿意为这份工作牺牲其他太多东西。大卫相信，如果可以熬过这异常艰苦的培训，整形外科医生的工作会让他永远感受到一份深深的使命感和成就感——他不仅给别人换一个新臀或肩膀，也赋予他们过上完满人生的能力。

可培训这几年是莫大的挑战。

那些年，我不禁审视自己的生活，我和大卫如何被层层剥削。作为他的妻子，仿佛陷入一场骗局。每天，我被孤零零丢在家里。我的朋友们可以享受周末、带伴侣参加婚礼、圣诞节早晨交换礼物。而即便少数几个圣诞节，大卫得以在家，他也无法享受节日，因为他太累了，要么就还需要写邮件或论文，或随时可能被召回医院。没错，除医学外，我知道有些行当，在碰到特定项目、客户或案子的时候，也会格外辛苦，可最终，这些案子都会结束，并经常获得可观的经济补偿。股市节假日也休市，官司最终会定论，学校也会放暑假——可人们永远都需要医生。

我并不总能领会，对大卫来说，这一切有多难。我也是人，我也希望丈夫在身边。我以为，为了大卫而搬到他的家乡，我理应获得奖赏。他一遍遍对我说，我是第一位的，可我经常感受不到。我也经常提醒他，我的真实体会如何。

压力和缺眠让他整个人变得烦躁。怎能不是呢？长期处于疲劳和过度工作中，对任何人的性格都会产生不利影响。第二年培训的一个仲冬之夜，大卫的车在医院发动不了了，太久时间停在冰点以下，而他自己在室内忙着无穷无尽的病例，浑然不知。大卫给我打电话，声音听上去很累、很焦虑，他让我把车开到医院，帮他把车发动起来。彼时我已换上睡衣，准备睡觉，接到电话总不是很开心。我穿上雪地靴，睡衣外面套上最厚的羽绒服，便出门了。来到医院，我们连上跨接引线以启动汽车。大卫的车噼啪作响，发动了；而我的车下一秒就熄火了。我和大卫又冷又累又沮丧，心情都不好。我记得当时在想，这可一点儿都不好玩。

我和大卫永远在给对方留言——手写信、重要日子的小纸条、邮件、短信等等。大卫送我的节日礼物中，我最喜欢的往往是卡片，因为他总花时间写一段长长的、体贴周到的留言。真难细述，大卫住院医师培训那些年，给我写了多少类似如下表述：

我很抱歉，这一切对我们来说如此艰难……

事情艰难的时候，尤其显得……

感谢你一直以来都……

这太难了……

我很抱歉……

大卫不止一次想过放弃。他们都是——其他每个妻子都这么说。他们都历经那样的谷底，仿佛一切看似并不值得。可大卫坚持下来了。大卫从来不是一个轻易言弃的人。

可你知道吗？大卫也不是一个圆滑的人。这是他另一个难题。一位资深外科医生对大卫说："你要练习扑克脸。"大卫太过诚恳，每当不明白或不认同某件事，立刻写在脸上。或许我身体里流淌着政客的血液，总是更容易应对晦涩的社交场面。我可以挂上笑容，在最复杂的人际环境中工作，可大卫不行。他心里没有一丝狡黠。这既是难能可贵的品质，有时也成为致命的缺陷。他的诚实、纯粹和真挚，是加分项——你无须猜测大卫的立场——可当工作环境中充斥着多种人格、各类观点和迥异风格，这也可能是一大弱点。

我记得有次在医学院，几个比较精明的学生掀起了一个风潮，为资深主治医生们做烘焙。大卫觉得这极其恶劣，简直是赤裸裸的献媚。大卫不会烘焙，我便提出帮他烤好了，让他直接带去医院。他断然拒绝了。我们去他父母家，把这故事讲给他同在医学院的哥哥安迪听。安迪笑了笑，耸耸肩："我烤了纸杯蛋糕，带到医院去了。"

"你说真的？"大卫声音里透着一股明显的难以置信。

"哎呀，是的，是真的！"安迪自豪地说，语调里并没有后悔的意思，"大家都遵守游戏规则嘛。"

可这个游戏，大卫并不知道怎么玩。他天生不会自我吹嘘，也不热衷表现自己。

很大程度上，是写作支撑我走过了那段难熬的住院医师培训期。我的丈夫经常不在家，或即便在家，也为了某件事而疲惫、焦虑、神经紧张——截稿期、即将到来的外科手术、愁眉苦脸的上司、某篇研究论文。假如成日在家却没有如此热衷的事业，真不知日子该怎么过。一旦投入写作，时间就过得飞快。大卫住院医师培训那几年，我极其高产，不仅完成了《叛徒之妻》，写了《意外的皇后》《茜茜：独立的皇后》和其他手稿，还累积了大量文章、博客和约稿。独自在家，沉浸在我幻想的人物当中，心无旁骛；可以自由玩乐、创造、研究，全神贯注地写作，开启我的职业作家生涯。有时，我会感觉内疚，因为我如此热爱自己的工作，可以穿着瑜伽裤在家办公，而大卫却在医院里苦不堪言。

每当我累了，想停笔歇歇，就会出门去探索这座城市，做瑜伽，和闺蜜们或列维家的女眷们见面，或带着我的小狗出门散步。佩妮每天都陪伴着我，那些年给了我非常宝贵的安慰。

如果大卫需要长时间轮转到市郊某家医院，我就会把大本营扎到我公婆郊外的家中。以前，我总是被朋友围绕着，离父母很近，离我姐姐、我的家乡都近，开车去个菜场，一路上会遇到十几个看着我从小长大的人。现在，我与过去这一切相隔几百英里，我的丈夫要么是经常神不守舍，要么根本就不见人影。这些我都坚持下来了。好在列维父母待我既热情又充满关爱，他们的住处几乎成了我第二个家。

当时，安迪也在住院医师培训，而且和大卫同一年级。他同样承受着诸多难题和沮丧。安迪和大卫同病相怜，艾琳和我也是如此。

我记得，有次听到艾维奇的一首热门舞曲，其中两句歌词

是 :“等一切结束了，再把我叫醒 ; 我将更有智慧，也将更成熟。”我拿起手机给艾琳发了短信 :“仿佛就是住院医师培训期的我们，这是我们的主题歌。等一切结束了，再把我叫醒。”

如果大卫不打算放弃——相信我，我无数次提醒过他，这也是一种选择——那么，我们只能继续往前走。我们必须一起渡过难关，在信念中获得安慰，以后会好起来的。

第31章

两年一届的哈佛－耶鲁校际联赛将在耶鲁举办，我和大卫飞去东海岸，看望朋友和家人。看完球赛后，我们将和我父母一道在纽约过感恩节。

距离大卫中风过了5个月，所以，11月将是我们第一次带莉莉坐飞机，也是大卫在那个可怕的6月后首次飞行。

10月份订机票的时候，我深感忧虑，同时带着5周大的婴儿和大卫，会不会难度系数太高了？

可到了11月，大卫恢复得飞快，不仅用不着我操心，还帮我照顾孩子，带着莉莉、所有行李和婴儿用品通过安检，上了飞机。他的中风是飞机上发生的，我还有点后怕，担心历史重演。途中，我多次检查大卫的眼睛，是否有不对称的瞳孔散大发生。大多数时间，他把莉莉安置在婴儿背袋里，整个飞行超乎寻常的顺利。

我们开车去纽黑文看比赛，身边围绕着亲人朋友。这里是全世界我们最喜欢的地方之一。很多关系亲密的朋友都去芝加哥看望过大卫，比较清楚他的近况，而还有很多朋友是中风后第一次见面。他们都给了大卫大大的拥抱，看他恢复得这么好，都松了口气。那天下午，莉莉多数时候在睡觉，从一个臂弯抱到另一个臂弯。大卫在车尾处喝了啤酒——中风后第一次喝啤酒。天气晴朗，些许凉意，新英格兰的秋日如许，正如过去 11 年来，我们一同观看的那么多场橄榄球赛。那天，我好多次在心里感谢上帝，大卫还能和我们一起看球赛。

那晚，我们去了纽黑文的一家标志性餐馆——莫里餐厅。按大学时的传统，我们每人点了一个大“莫里杯”。那是一种在大桌分发的银质酒杯，每人要说一句祝酒词，再喝一口潘趣酒。我们都说了祝词。轮到大卫了，他的话有些不流畅，带着些傻气，又真诚表达了对女儿的爱。我们大声欢笑，回忆过往，分享着大卫归队的喜悦。

我知道前路还很长。我也知道，从很多方面看，大卫还不是当初的自己，更不是那个曾经在校园里意气风发、永不服输的青年。一个关系亲密的朋友坦言：“大家都说看到大卫恢复了，真的很好；可那些并不真正了解他的人，是根本看不出的，他还不是以前的大卫。”她说得没错。

大脑损伤的特征在于——外表不可见。大卫看似回到从前，所以大家见到他，都舒了一口气，纷纷表示看到他恢复太好了。大卫身上没有伤疤，走路也不靠拐杖，没有外在表征显示他还在恢复当中。就像有次我同事在电话中问起大卫的情况：“他现在在哪儿？”

“康复中心。”我回答。

“他怎么过去呢？”同事问。

“坐车，”我说，“需要人开车送他。”

“可是……他怎么坐进车里呢？”

“他走进去。”我说。

“哦！他可以走路了！太好了，没想到恢复得这么好。”

哈佛－耶鲁联赛的周末，我无数次接受大家的问候：终于可以放心了，看到大卫这么好，太高兴了，他回到了过去的样子。

可是，我们知道，他离过去的自己还差得很远。他可以走路，是的。他看上去没变样，是的。可那从来不是我们关注的问题——至少从重症监护室最初的日子起，他就恢复了不少行动能力。其他人不了解大卫的大脑状况，不明白大卫受损的不是肢体，更多是认知和行为。其他人也不像我一般了解，大卫很容易疲劳，他需要大量的睡眠。他时而很消沉，无法做出决策、自主行动或记住约定的会面时间。曾经易如反掌的事，他需要努力记忆，比如最近一次谈话的内容或刚认识的某个人的名字。还有，诸如登录网银账号或回复邮件这样简单的、通过后天习得的事情，他觉得非常困难。

可那个周末确实提醒我们，还是有理由庆祝的。那个周末，我们被关爱支持着大卫的人们环绕，他们给予我们希望，他会继续好下去。何况即便朋友都不在这儿，仅仅是带着大卫来到这里，来到这个我们的爱情开始的地方，就足以庆祝一番了。如果大卫死了，这个校园，这个曾经充满欢乐的所在，将因所有心碎的回忆，成为一个悲伤的地方。耶鲁校歌里唱着："记忆模糊了过往，曾经快乐、绚烂的日子，光彩尚余几分？"校园里每个角落，这座城市每个地方，都留下了我们的回忆。回到这里，我总能见到我们曾经恋爱的痕迹，总能重温共同走过的当初。"可时间与改变终将徒劳，难以磨灭在耶鲁结下的那些情谊。"是的，我们的情谊没有磨灭。至少目前没有。

第 32 章

大卫和我都没有对行将结束的 2015 年依依不舍。

我们和大卫一家在芝加哥过完圣诞，又去东部和我父母、我们的朋友夏洛特和斯蒂夫一起过新年。他们俩也刚生了女儿，只比莉莉小 5 个星期。身为新晋爸妈，新年前夕，我们压根儿没想过在外面跨年。九点不到，我们就和夏洛特、斯蒂夫拥抱告别，各自回家忙活孩子睡前的各种琐碎。孩子睡着后，我和大卫看了场电影，临近 12 点上床睡觉，莉莉就睡在隔壁房间。

“真高兴，今年总算结束了。”关灯的时候我对他说。我已经准备好彻底告别 2015 年了。我问大卫，这一年于他而言最精彩的是什么。“还活着。”他回答。

“哈！”我一声口哨，缓缓地舒了口气。“是啊，当然。”我闭上眼睛，把大卫抱得更紧些，心里满是感恩。今年结束之时，我丈夫还近在咫尺，虽满是伤痛，可依然美好。

新年之行结束，我们从森林湖的大卫父母家搬回了芝加哥城区的公寓。大卫住院那几周，这里曾是我的临时住所——每晚我只在这孤独的地方睡一觉，第二天就返回医院和康复中心——这儿从未有家的感觉，大卫也从未在此住过。可现在，我们终于正式搬进来了。大卫完成了北郊康复中心的门诊治疗；也不再需要物理和作业治疗，只要每周到市区康复中心去几次，继续接受认知治疗。大卫父母将去佛罗里达的家里过冬，全心全意照顾了我们六个月，现在他们要回到自己的生活了。而我们，组建了 3 个人的小家庭，也必须向前走，从头开始，建立全新的生活模式。

可现实给了我一记重击。一月份，搬回家的第一周，天空还是深灰色的，雪花飞舞着，气温也一直爬不上两位数。芝加哥的狂风是出了名的，可怕程度不负其传奇色彩，空气冰冷，全身任何部位暴露在外，都刺骨地疼。带着一个新生儿，我们无法出门，只好 3 个人待在这陌生的新公寓里。必须等过了新年，才能再领取大卫的医疗福利金；为此，我们一直没能续约门诊治疗。现在，芝加哥市区康复中心一月份已全部订满。大卫这个月只剩下几小时的治疗时间，其余都得靠我想办法刺激他的机能恢复，安排他的日常生活。

刚中风那几个月，我还比较容易保持乐观、怀抱希望和积蓄能量。没有谁完全了解大卫的病情，或者指明该如何恢复。很多因素都对我们有利，大卫醒来时精神也不错，所以，我们只会往最好的方面想。最初的挫折并不会让我苦恼不堪——因为中风刚刚发生，情状还轮廓鲜明。我外表看似冷静，可那是因为亲历了这场“飓风”(甚至自身也处于半休克状态)。于是,仿佛一叶障目，我只能看见最紧要的危机,别的都不在意。所有那些“这是马拉松，不是短跑”“这会是个漫长的旅途”都是含糊其辞、纸上谈兵的。一切才刚开始，周围总有一群亲人朋友，我还有短跑的能量。

几个月后，挫折还没显得那么面目可憎。比如路上的磕磕绊绊，既然对创伤性脑损伤的恢复不利，避开就好了。一切尚属于“前进两步，后退一步”或者“这就像过山车，有高峰也有低谷”的范畴。我和公公婆婆住在一起，身边有强大支持，也积蓄了能量和乐观意志。虽然身体越来越笨重，可孩子尚未降生，还没耗尽我的时间、专注或气力。

现在，只有我在这里，灰色的一月透着刺骨的寒。我必须适应照顾新生儿的生活，开启新的一年——大卫今年的目标是回归，回到整形外科医生的重压工作中——见到大卫诸多缺陷尚未褪去，我心里很担忧。万一这些缺陷顽固地存在下去呢？万一我们所有可能的功能修复都到此为止了呢？万一我们遭遇了可怕的瓶颈呢？没人能解答，因为没人知道。

我发现，最主要的问题是大卫缺乏动力和主动性。以前的大卫每天工作 15 小时以上，完全出于个人意志。我都记不清到底有多少个晚上、周末、假期，我都劝他不要再工作了。大卫·列维心中那团火，不需旁人点燃。可现在，他总是昏昏欲睡、自由散漫，完全不像以前的 A 型人格①，时刻挑战着极限。

与我所熟悉、所爱的那个人相比，这就像一个全新的、改变了的、无法辨识的大卫。我向治疗师们寻求答案，他们说，这种漠不关心的态度缘于大卫尚未恢复的执行功能。

执行功能是成熟大脑需要开发的最后一项功能。多数人 20 多岁才开始具备执行功能，也正因此，青少年往往意气用事、思路混乱、容易忘事，并且需要大量睡眠。审视过去，我发现，大三、大四的我和高中时的我有明显差异。我以为是时间的关系，我变得成熟了；现在才明白，没错，反复听到的“执行功能”是造成差异的关键之一。

大卫丧失了大脑的高级功能，因此，他的执行功能——以一

① 美国学者弗里德曼等人研究心脏时，把人的性格分成两类：A 型和 B 型。A 型性格者，脾气比较火爆、有闯劲、雄心勃勃，喜欢竞争。B 型性格者则较松散、与世无争、对任何事皆处之泰然。——编者注

个成年人负责任的态度独立掌管个人生活的能力，也不见了。中风最初，大卫就像刚降生的孩子：彻底的无助、爱睡觉、不会说话、无法完成最简单的生活行为。接着，他又好似一个体型巨大的学步期儿童：冲动鲁莽、行为不可控，依然无助，可行为是亲切的。现在，经过 7 个月恢复，大卫的大脑渐渐成熟，大约处于青少年期——我的丈夫现在就像个暴躁任性、爱打瞌睡的中学生。

这一阶段对我俩来说，都挺难的。他脑子足够清楚，对我的督促感到厌烦（他称为“唠叨”），但又没伶俐到可以自主承担个人琐事。我挣扎在妻子和监护人的双重身份中。我不想对他唠叨，可也不想争辩他是否需要我帮助的问题。

过去，我很有耐心，态度也积极。我接受挫折，因为知道他尚处于恢复期。可现在，我承认自己的耐心被一点点磨掉了，因为不知道这场恢复将把我们带往何方。我的生活会一直这样下去吗？我的婚姻会永远如此吗？

我有个新生儿需要照顾。几个月来，同时看护丈夫和孩子已经让我身体上、精力上、情绪上完全透支。一方面，莉莉简直是个天使——整晚都好好睡觉，醒来又那么健康、快乐、性情随和。我们开玩笑说，很多方面看，她是我们家表现最好的成员。可毕竟，我在照料一个新生儿，这是全天候的工作，光这点就会让日子显得漫长乏味，不管你多爱这个小家伙。

况且，搬回市区，意味着我不再有公婆的支持和陪伴，要完全独立地操持一个家。假如我真的需要睡一觉、洗个澡、精神放松一会儿，身边也没有关爱我的家人可以暂时照看孩子。尼尔森和露易莎打算搬回佛罗里达；安迪一家去了科罗拉多，他在那里有研究项目；迈克一家住在郊区，离芝加哥 40 分钟路程，可他们的两个孩子都还不足一岁半，自己就够手忙脚乱的。

随着假期结束，我自己的家人也不在身边；也不再因好友相聚和假日忙碌而分散注意力。我的父母、兄弟姐妹、好友们至少离我 700 英里。取下圣诞节饰品，拿出最厚重的冬衣，我发现，自己突然处于孤立无援，不得不独自照顾宝宝和一个“青春期”丈夫的境地。

在这漫长、寒冷、黑暗的芝加哥冬日，面对全新的现实，一切都暗淡无光。我孤独、沮丧、无力、烦恼、疲劳，“厌倦一切”可能更符合实际。

我很害怕，我吓坏了。没人知道，大卫这些新特质中，哪些是暂时状况，哪些会永远存在。而这是我们的新常态。如果用数字表示，我想，75% 的大卫回来了。这已经很好了——我知道，我们要为此心存感激。可那丢失的 25% 才是让大卫成为大卫的特质啊。是那部分塑造了他的独一无二，成为我的丈夫、我爱的人。我不知道那 25% 还能否回来。我哭着和玛格丽特通电话：“我不知道大卫什么时候能回来。”虽然他就在那里，在这间公寓里，每天都在家，可我从未感觉如此孤独。

大卫表面上态度积极——即便如此，我也担心是肤浅和幼稚使然——以一种孩子般的、片面的领悟看待周边的严峻现实。他依然自信能重回整形外科，并满足随之而来的高要求。拉什大学对大卫持一种极力支持的态度，包括他重返住院医师岗位的希望。我们见了大卫的住院医师培训项目负责人，她很坚决地表示，拉什会让一切变成现实，他们欢迎他回归项目，只比原来项目落后一年。大卫的导师还对他发出邀请，希望他一旦准备好重回医院，就到他的科室见习。他们给予支持的同时，也尊重我们的隐私以及大卫继续恢复所需的时间。他们同意他参加会议、参与研究、进实验室工作，以及他需要做的任何事，帮助他完成过渡、回归岗位。

可我担心，或许我们都在欺骗自己，觉得大卫还能适应如此艰苦的生活方式。我很愿意支持他的工作、心怀希望、相信我的丈夫，可我也不能忽视他每天要睡 14 个小时的事实。他离开公寓的时候，需要有人提醒他带钥匙。他如何能回到一个需要在活人身上做手术的岗位工作？

大卫注意到我的挫败感，也回敬了他的挫败感。他反驳说，我根本不知道他光是度过每一天，就有多艰难。他提醒我，中风了的是他，不是我，所以能不能别再表现得好像一切对我来说很艰难！我们都有特别痛苦的时候。据说，遭遇创伤性脑损伤的伴侣离婚率高达 75%，对此我毫不意外。（为什么我和大卫总是身处如此高离婚率的境地？）大卫的感受可以理解，我也觉得自己的想法理所当然。黑暗中摸索出路，没有简单的方法，我们，也没有简单的答案。

创伤性脑损伤的复原不是线性的，有时，它会跟我们的精神和灵魂开玩笑。某天，大卫会表现出重大进展，我也仿佛看见希望，激动不已，相信或许迎来了拐点；可第二天，大卫又好像往后退了一大步。对此，我听过最好的比喻来自李·伍德拉夫："创伤性脑损伤的复原就好像嘉年华上那些唬人的哈哈镜，你的影像会发生变化。一分钟前，貌似一切正常，紧接着，砰！影像改变了，一切都变得扭曲、无法辨认、彻头彻尾地令人惊恐。"一点儿没错。

还有件事压在心头：我有场新书发布会快到了。连续两本书登上了《纽约时报》畅销书榜。于是，《茜茜：独立的皇后》的发布让我格外激动。我钟爱这本书，对书中塑造的人物以及相关历史人物都有很深的情感，特别希望把故事讲好。迈出这一步，成为职业作家，我煞费心力。在关键当口，万一失败，我的整个职业生涯是否会走下坡路？假如我不能倾注全力，我会让大家——读者、出版方、经纪人，还有我自己——失望吗？

新书发布这件事，即便条件俱佳，也是颇有挑战、紧张而忙碌的。前两次新书发布，也仿佛在一片混沌中眨眼间就结束了，而彼时的我，身上还没有双份担子：一个新生儿，一个中风恢复期、与我闹别扭的丈夫。现在，我已然面临全新的处境——从塔吉特买来的睡衣上，此刻涂满了婴儿的口水；我千方百计地瞅准时机，争取给自己冲杯咖啡或洗个澡，还得央求大卫，一定要在手机上设置提醒，确保按时吃药。所以，未来会怎样，想到这，我只觉得恐慌。

“有件别的事情用来转移注意力，其实挺好的。”谈到即日举办发布会，一个朋友好心提醒我，“这件事可以让你产生期待，可以让你为自己而庆祝。”

可我一点儿也不觉得想庆祝，一点儿不觉得喜悦，只感到很累，厌倦一切。

“这些天来，我的日常就是换尿布、去康复中心。”一天，我哭着给莱茜打电话，“我哪还有力气做新书访谈或发布会。”

我对自己毫无把握。我不确定还有没有足够的力量，支撑自己活到明天，再换块尿布，再去趟康复中心；更不能确保自己不在电视上对着全国观众落泪。试问，我要如何做，才能在精心设计的新书发布会上安然无恙地坐着、笑着、握手，而与此同时，脑中所想的是，生活中有那么多更重要的事，正在一点一滴耗尽我的精力、体力和心情？

问题不在于光鲜的新书宣传活动，或需要我侃侃而谈的采访，真的。出于个人原因，我觉得自己没有力量继续往前走了。生活看上去如此可怖，充满着变数，面目全非。一切都太不和谐，好像笼罩着一个弥天大谎——我不想在新书派对上眉飞色舞、谈天说地；我不想在人前假装坚强、岁月静好。我们一切都好极了！我完全好了！想读一读我的书吗？光是在丈夫和孩子面前保持冷静，就已经够难了。我丝毫不想把这一切再置于众目睽睽之下。

“你正陷于所谓的‘汪洋时期’。”莱茜告诉我。这段时间，她从一个所向披靡的文学经纪人，变身为极富同情心的知己、堪称忠实的朋友。我问她怎么讲。她说：“此刻，你正处于一片汪洋的中心地带。这段路，游了太久，已经看不到来时的岸；可你也没有靠近目的地，看不到彼岸。你的视野里，唯一可见的，只有汪洋大海。所以，当下你唯一需要做的，便是保持信心。你必须继续往前游，直到彼岸的轮廓渐渐浮现。”

我还能继续游吗？我还相信远方确实有个岸吗？那个我能抵达的岸，可以让我再次拥有安全感吗，甚至只是再次快乐起来？我不知道。

失眠症，那个曾与重压接踵而至的宿敌，又回来了。我母亲称其为“脑陀螺”；不管身体多疲倦，大脑整夜都在转，并伴随着恐惧和焦虑。莉莉睡起觉来像个天使——每晚 12 个小时睡眠——我可不行。每天早上，从床上爬起，又是漫长、痛苦的一天！感觉比昨天还要糟！

我突然瘦得跟电线杆似的。大家见到我都很惊奇，还好心地赞许，这么快就彻底甩掉孕期肥了。“怎么做到的？有秘诀吗？”他们问。“压力啊！”我心想，“成效惊人，真的，压力对腰围的作用可不小。”

我很烦听到这样的话，“换作是我，一定做不到”，或者，“真不敢相信，你怎么做到的！”虽然出发点是好的，可这些论调，仿佛又在强调，我现在的生活很糟糕、我们的处境很绝望。看似一句赞美的话，戳到的都是痛处。还有“我们很担心你”，或者，“你单凭自己是不行的”，只让我觉得厌烦。

假如内心潜台词写出来，大概类似这样：首先，我不是在“做”，不管你觉得我在“做的”是什么。我只是在承受。我每天都在强忍泪水，谨防自己陷入崩溃。到了晚上，我要和焦虑、恐惧、痛心、愤怒搏斗，我无法获得睡眠。睡觉是不可能的，虽然我急需睡眠，虽然我比自己所能想象的更加精疲力竭。所以，拜托，请不要称赞我。

其次，你是能做到的。因为这不是选择题。这场中风是强加于我的家庭的，并不是我们选择了它，然后决定要不要面对它。

我们必须面对啊，因为这就是我们的现实。假如这成为你的现实，你也只能面对它。我从不希望这一切发生在你身上，可一旦发生，你就必须承受，正如我所承受的那样。还有，如果你担心我，就帮我买点杂货，或者过来帮我抱会儿孩子，这样我就可以洗个澡或睡一觉。我没有选择独自承受这一切，我并不想独自面对。我在寻求所有可能的帮助。我需要帮助。所以任何人给予的帮助，我都会感激。但是，请别告诉我，你很担心，因为我是希望取悦于人的，我会担心你正担心着我。这样负担就转嫁到我身上，我反而要向你保证，我会好的，你不用担心我了。明白了吗？所以，我现在不需要这些。

幸好，我从未大声说出这些话，至少没这么直接。可当我情绪低落的时候，这就是我的真实感受。

第33章

我家拆收信件的人向来是大卫。现如今，电邮、短信、语音留言都很便利，于是我觉得，多数邮递都是无关紧要的。20封垃圾信件——信用卡推销、附近新开的比萨店的传单、可以网上轻松查询的银行账单——中，才能找到一封是有价值的。所以，多年来，我乐于把这项差事交给大卫。这不是我们讨论的结果，就像任何一段感情，都会自然形成某种行为模式，双方分摊日常生活琐事。大卫不介意查收信件，而我介意，那这事儿自然落到他身上——这成为他的日常习惯，还有，投放垃圾、洗碗都属于他的分内事。

那个冬天，大卫所有的“分内事”都自然而然地转移到我的任务清单上，虽然我自己的清单早已饱和。于是，查收信件也成为我的另一项必须完成的任务，以确保日常生活不翻船。最初，我是抗拒的。平常时日，我就不喜欢查信，更不用说最近几月发生了太多事——突然中风，陆空医疗急救，超期 ICU，法戈、拉什和芝加哥康复中心的长期住院，众多约诊，康复训练，凝血测试，心脑部位和身体各处扫描，药品清单，大卫心脏手术，我怀孕、分娩、住院，迎来宝贝后又要带她做各种检查，诸如此类。因此，于我而言，整理、回复一封封信件，已经从“不喜好”变成“痛彻心扉”了。

这仿佛忙不尽、做不完的文书工作！每回看账单，都好像当头棒斥。保险单的条款总是又长又令人费解，还喜欢用超小字号，总能翻搅我体内的荷尔蒙，激起又一股“或战或逃”的求胜欲，可我荷尔蒙早已乱成一锅粥。残障申报也需要花时间、花精力细细研究。医生的诊断书，以及后续若干约诊提醒。我的吸奶器的报销单。更别提新生命来临则意味着大量文书工作：出生证申请、社保登记、莉莉的医疗保险和新生儿检查。说这话似乎是心理扭曲，可即便收到家人朋友们的祝语，查收随信寄来的婴儿用品，我都感觉是个负担。我心里想的是，又要拆个纸箱，回收包装纸，再写封感谢信了。

每天，源源不断的信封似炮弹向我袭来。小山堆得更满了。我厌倦至极。我烦透了一张张填表，分辨哪些要付钱，哪些要给保险公司打电话；然后在自动接听中干等，直到转人工服务；再然后，和他 / 她理论（乞求？哭诉？辩论？），希望大卫获得急需的合理对待。我的任务栏已经装不下了。可每封信都无可避免地意味着再添一件杂务，而处理这一切的人，唯有我。

对此，我的办法是，干脆一段时间不开信箱，绕过它，忽视它。路过收发室，熟视无睹。眼不见为净，也就无须处理这堆东西。不是吗？

逃避了一个星期左右，有一天，我极不情愿地来到收发室，忐忑不安又闷闷不乐。钥匙插进去，打开信箱，准备迎候所有的“积压待办”。朝里一看，什么都没有。空的。一张纸也没有。一份账单也没有。

喜从天降！或许一切终于平静了？或许我终于解决了一切，或许我终于把所有文书工作补齐了？没有信，这是一天以来最大的喜事。

“嗨，女士？”这时，值班的大楼管理员往收发室一瞥，“您住 201，对吗？”

“是的。”我回答。

“您的信箱满了。信塞不进去，邮差就把所有信取出来了。”

“取出来了？”一秒前的沾沾自喜瞬间无影无踪，“取到哪儿？”

“这里。”他交给我一张便利贴，上面有个地址，“这是美国邮政局位于芝加哥本地的邮寄事务处理中心。你得去那把信取回来。”

我收下地址，心往下沉。真有意思，我要抱个婴儿，冲进凛冽的寒风中，去那个什么中心排队，指望获得一堆账单和医院资料。

“你收到很多信。”过了一会儿，他说，脸上露出友善的笑容。

“是啊，”我说，“我们有很多信。”

“或许，你以后可以每天都来查信。信箱就不会满了。”

你是否想过交换人生？比方说：这我做不了，有人可以接手吗？有人可以替我吗，哪怕一天？

至暗时刻，这就是我的真实想法。我心力交瘁，一边照顾婴儿，一边竭力刺激丈夫脑部机能，争取康复，还得操持家里一切琐事——给冰箱填满食物、定期配药、清洗衣物，确保汽车蓄电池在严寒里正常运作，带佩妮出门散步（尽管室外温度只有个位数）——而对付一切的同时，我还得尽力维持写作生涯。万一大卫无法回到医院工作，我是不是也得郑重思考，如何成为我们家的经济支柱？这可不太乐观。

我需要的是睡眠和支援。我发出求救信号。于是，我婆婆推迟了她的佛罗里达行程，来市区陪伴我们一周，帮我一起照顾孩子和大卫。她给我们做了千层面，哄宝贝入睡，一连几个小时陪伴大卫，和他一道悉心收拾书房，耐心而冷静地应对一切乏味琐事。如此心境，我已经无法拥有了。露易莎就像我们的护身符，很神圣，她的存在驱散了家里一切阴暗。露易莎在家里的时候，我感受到一种光明、一种爱，这在我们的生活中是缺失的。

露易莎离开后，我母亲也赶来陪伴我们。同样，她也是一座堡垒，是我当下最需要的坚强依靠。清晨，她帮我冲好咖啡；中午帮我抱孩子，我便可以午睡一会儿；她带狗狗出门散步，帮我把冰箱塞满食物。她给我们深陷泥淖的小家庭注入全新的能量和乐观的精神。我最喜欢的一张莉莉的照片，就是母亲一月份来芝加哥那周拍的。那天晚上，大卫把女儿抱在膝盖上，笑着；而我母亲，这位慈祥的外祖母，一手端只红酒杯，在一旁默默注视着。窗外黑色的夜，变得没那么可怕，因为我的母亲在房间里，笑着、看护着。

在那之后，我阿姨克里斯汀也来了。多年没来芝加哥，她鼓励我们多踩踩马路，亲近这座城市。于是我们去了博物馆，顶着寒风勇敢踱着步子。她给我们做饭，细数亲身经历的艰难岁月。那段时光，我们很融洽，她和莉莉也更亲近了。还有我的玛丽亚，也回来了。那时我最需要支持和伙伴，需要我最好的朋友；在她面前，我不需要掩饰，可以坦诚面对自己。玛丽亚住我家的时候，早上我磕磕绊绊地来到客厅，见莉莉坐在她腿上，我便说："好喜欢这感觉，一早醒来，发现你在这里。"我需要觉得，不是所有担子都扛在我一个人肩上；我需要觉得，还有人跟我说话，倾听、回答、理解着我。有一天，车子被拖走了，找到后又发动不了了，于是，我不得不在雪地跋涉，千方百计赶回来。回到家中，见莉莉和玛丽亚在一起玩，顿时感觉很温暖，万分欣慰。

某天早上，我印象很深，大卫、莉莉和我一道去康复中心。我注意到，自打中风以后，大卫就不再接电话了。不仅如此，他也不看邮件、短信或语音信箱。他已经不在乎了。于是，那天早上在车里，我催他听一下语音留言。"哦，"大卫应着，听了一段，"是康复中心发来的。说今早的训练取消了。"

我猛地踩住刹车："什么？为什么？"

"不清楚。"大卫耸耸肩，"他们没说。"

"再放一遍，"我很坚持，"公放。"

大卫翻了翻眼珠，答应了。我们又听了一遍留言。没错，他们确实说：训练课程由于保险方面的问题，取消了。

"电话什么时候打的？"我问，"还有语音留言呢？"

大卫查了电话记录："几天前。"

"你为什么总是不接电话？"我问，不禁咬牙切齿，"也不肯听留言？”

大卫又耸肩："没事，没什么大不了，我们再计划吧。"

"不对，" 我嗓门很高，"是我要再计划。等我解决了不知道什么保险问题后，我来计划。"真想大声尖叫。我们费了那么大力气，天气还这么冷，好不容易把孩子包裹得严严实实的！为了去康复中心，我还得调整莉莉喝奶和睡觉的时间！此刻大雪纷飞，开这么远的车，只为了把大卫送到他必须去的地方！现在呢，不光大卫错过了急需的治疗，理由还是一桩恼人的保险纠纷；更可恶的是，处理纠纷、重新约诊的任务又自然落到了我头上。可大卫居然懒得听语音留言。假设他听了，或许现在保险的问题已经解决了；或许我们还来得及赶上这次约诊；或起码，我们不用费时费力收拾出门，大雪天里不顾一切地开往康复中心。

不仅如此，现在，大卫已经不需要全天治疗了，我们该拿他怎么办？又要在家争吵吗？——大卫想午睡、看电视，我却催他看书、锻炼、做点刺激大脑康复的任何事。

那晚，大卫出门和朋友布拉德吃饭。类似这样与哥们儿聚会的夜晚，大卫和我都很开心。他可以走出家门，远离我，还有我写在脸上的万状愁苦。我呢，也可以休息几小时，带孩子就好了。和大卫比起来，她可好管多了。

那晚，我给莉莉换好尿布、穿上睡衣，准备收拾好睡觉。我亲吻着她柔软细嫩的肌肤。这时，我突然听到了一个声音——美好而荡涤灵魂的声音——前所未有。那是孩子的第一次笑声。我呆住了。我发现，可能是我的亲吻，让她觉得痒，便笑了。我看着她，惊诧、欢喜。这是我听过最美的声音。我又试着亲她，更用力一点儿。她又笑了。我继续亲吻她，亲她的脖子、肩膀、手臂和肚皮。莉莉发出一串串明亮而甜蜜、天真而自在的笑声。我俯身望她，泪水夺眶而出，又是哭，又是笑。我把她的笑容记录下来，发给我的母亲、婆婆、姐姐、嫂子们看。玛丽说："这难道不是最美的声音吗？瞬间点亮心情。"她说得没错。看着莉莉，看着她在小床上笑个不停，我想：我的心怎能同时盛下这许多欢乐与忧愁？

经过好一番挣扎，也查了不少资料，和一众博识的朋友们聊过以后，我决定服用少量抗抑郁药。"护身符"，某位专家这样比拟。我体内储存的能量已经耗尽，身体和灵魂都不堪重负、濒临崩溃——怀孕、分娩、照顾婴儿，还要周旋于大卫的中风和整个恢复周期。有时候，我觉得仅存的希望也被夺走了。好想要一张网，把自己兜起来，重拾安全感，重拾自我。

现在的我，需要依赖家人和朋友，我也明确地表达了我的需求。这是史无前例的。从前的我，从不会如此孱弱不堪，陷于痛苦中，不能自拔。一直以来，我都骄傲于自己的独立。我从来都是那个策划者、提供支持者、自给自足者，总是能静静倾听朋友或家人在电话里哭诉，给他们提点建议，讲一些安慰的话。我从不喜欢在电话里哭。经历这一切之前，我只寥寥几次在父母跟前哭过。可这回——我撑不住了。

我常常哭。感觉能量快耗尽了。我也经常厉声斥责大卫。而他自然也会对我还击；或者更糟的时候，他会选择防御性的冷战。可显然，这只能让我更生气。

一个仲冬的晚上，我们吵了一架——坦白讲，我甚至不记得是为什么而争吵。我只记得，他说了句什么，我非常生气，便拿起电话，打给玛丽亚。我没法和大卫说话，没法正眼瞧他。我想把他赶出去，赶出公寓，虽然外面可能只有12度，他还是个中风病人，我们刚出生的女儿还在隔壁房间睡着。

我需要玛丽亚，帮我冷静下来，远离那深渊。而她也是最合适的人选，因为我知道，她不会简简单单站我一边。她当然爱我，可她也爱大卫、了解大卫。我不想随便找个人发泄、咆哮一番，只等他们应和我，加深我的怨气。那并不能解决问题。我需要听到另一个爱着大卫的人的声音，因为那一刻，我已感受不到那份爱。

电话响起的时候，我看了下时间。芝加哥晚上11点多，华盛顿已过午夜。哦该死，我心想，她未婚夫一定觉得我疯了，凌晨哭着给她打电话。

可玛丽亚几乎秒回。“嗨？”

“嗨！我很抱歉——这么晚了，吵醒你了吗？”

“没有。”她说。我不知道她有没有说谎。“怎么了？”

“玛丽亚，我觉得，我不想和大卫在一起了。”

“明白了。”我听到电话那头窸窸窣窣的声音。在我哭着说话的间歇，她坐直起来。“想告诉我发生了什么吗？”

我给她细述那晚吵架的情形。我觉得自己承受不了了。我既厌恶催大卫做很多事情，也厌恶他反过来烦我唠叨的事实。假如他不需要我的帮助，他可以离开啊，自己想办法面对一切，上帝知道，我一点儿也不想替他背负重担了。“我再也忍不下去了，”我悲叹，“他的话太伤人了，我为他做了那么多！以后，他还可能说些毫无道理的荒唐话。我甚至没法和他沟通。我无法面对他。”

“好吧，”玛丽亚的声音很冷静，“艾莉，你必须记住这点：大卫几个月前刚得了一场严重的中风。他的大脑还没有完全康复。他并不是他真正的自己。你知道你说话语速多快吗？你知道你生起气来给他多少压力吗？他的大脑是跟不上的。我相信，当你冲他生气时，一下子把所有事情摆到他面前，他很困惑、很害怕，自然只能采取防御。所以，他也说些话还击，这样就能保护自己，可那些话很可能没道理，很可能不是完全出于逻辑的，很可能考虑得不够细致周到。”

她讲得没错。我停下来，考虑了一下。她讲得完全正确。

“你俩都需要暂时从这场对话中走出来。”她说，让我今晚先别想这事，“走开去，冷静一下。如果他说话毫无道理，记住那是尚未康复的大卫说的。你需要让他休息一下。给他点时间。看他一路走来多不容易，艾莉。他会继续恢复的。可你要耐心一点儿。像今晚这样？虽然你沮丧、难过，可是没半点好处。你怎么想，自有你的道理。可大卫也一样。”

见鬼，她是对的。她说得太对了。所以我那么需要她。虽然还哭着，可我感觉好多了。“玛丽亚，”我说，“罗伯一定觉得我疯了。这样给你打电话，真是抱歉。”

“首先，不能像今天这么傻了。其次，我很高兴你打来电话。任何时候你都可以打给我，好吗？你知道上次我失恋的时候，对你哭了多少遍吗？可你一直陪着我。现在我也一样。而且我知道，事情会变好的。只要把今天过完。到了明天呢？就再过完明天。”我听到她也哭了。她接着说：“这是你现在唯一能做的。此外什么也控制不了。明白吗？”

“好。”

“随时打给我。”

一片静默。我更止不住泪水。

“好吗？”她问。

“好的。”我说。

我必须学会求援。得承认，单凭一己之力，我是坚持不下去的。人生中第一次，仿佛身体被撕开，抽空了所有力气，扯掉我光鲜靓丽、充满信心、自给自足的伪装，再也无法将它们呈现给这个世界了。那并不是虚假的伪装，只是因为在这之前，我总觉得自己还能掌控，还能应对和解决——不管什么事。

可那些天，在深不可测的黑暗之中，我能做的只有继续往前迈开步子。那些日子让我懂得，我的生活是脆弱的、变幻莫测的、脱离了掌控的。我曾以为，只要努力做正确的事情，就可以规划、操控自己未来的生活。可现在呢？这攥紧了的幻想倏忽破灭、毫不留情；我内心只剩下空寂和迷失。

莱茜说，这是我的“汪洋时期”。此刻，脑中浮现出另一个与海洋有关的场景。从小到大，每逢夏天，我们一家人都会去长岛东海岸度假。我父母是在那儿相识的。20 世纪 70 年代初，发生了一场飓风，当时他们都在海里冲浪（是的，在海滩对公众封锁后，他们偷偷溜进去，在汹涌的海浪里游泳）。每次长岛度假，海里畅游都让我们兴奋不已。我们都爱在大西洋的汹涌浪潮里浮游，借浪花之力轻松滑向岸边。

可是，刚下水时，大海并不温柔，甚至有些可怕；尤其当你还是个孩子。总会发生那样的情景：当你准备把冲浪板划出浪区，突然遇上怒吼的破碎波白墙。有时候，大西洋是面目狰狞的。孩提时，我被两倍于身高的浪花席卷多次，在潮水的漩涡中晕头转向，直到吸进大量海水，不知哪里是岸。

时至今日，历经几夏的锤炼，我仍能记起那肾上腺素激增的感受——混杂了兴奋与恐惧——当我从海里的碎波线中游出来的时候。你永远要面对海浪侵袭的危险，你会陷入一瞬而来的混乱当中。然而，确保自己不被海浪猛击的唯一方法，就是迎头游向这凶猛的破碎波。这是违背直觉的、令人害怕的，可恰恰如此：你只能朝破碎波游去，潜入水里或越过波浪，别无他法。假如扭转身，朝相反方向游去，浪潮最终会追上你，躲避只是徒劳，海浪会重重打下来。你必须面对，必须迎难而上，才能闯过难关。

而冲过碎波线之后呢？是狂喜，再无负担。平和而宁静。你一身轻松地浮在温柔的水面，所见的，是一片静谧深远的蓝。我必须继续游，朝向当下的碎波线——我的恐惧、愤怒、悲伤、怅惘。别无他法抚平伤痛，只能继续奋力向前游。唯有继续前行，或许能找到出路。于是，我便这么做了。

在我床头柜上，挂着一个日历，每晚睡前，我都打个勾，长吁一口气。我心想：胜利了，又熬过一天。又更近了一天……可更近了什么呢？

虽然累了、倦了，可是每晚，当我躺在床上，大脑就开始陀螺一般运转数小时。“凌晨 3 点是你最强大的敌人。”聊起我的失眠问题时，李如是说。

每天早上醒来，被孩子饥饿的啼哭召唤，脑袋很沉，没睡过一般。黑暗中，我一步步摸到她的婴儿床边，想着：今天不是永远。我只要好好把今天过完。

大卫劝我再耐心些——他说我们只是还需要一点儿时间。他会继续好转、康复。我必须承认并记住，他走过了很远的路。我必须听从朋友和家人的劝诫，他们都说大卫还在恢复中；说我只是每天身处其中，没有发现他体内发生着正向的变化。他们提醒我回想最初的日子——那时候，大卫还说不出自己在哪座城市，每隔几个小时，他就无法抑制地非得睡上一觉。

“继续写吧，写作是你的救赎。”李对我说。刚发生中风的那几天，她就这么对我说过，可那时还早——我还远不能认清或理解其中的智慧。那时，我还在创作第三本小说《茜茜：独立的皇后》，而现在，只剩下书稿修订了。不过也好，至少我很熟悉这工作，甚至，于我是片刻的逃离。

可是，要我发挥创造性，再写点新的东西？回归创作？想都不能想。写作是我的快乐源泉。写作是我玩味文字的所在。写作需要空间、时间和自由——我一样都没有。

不过，历经几个月的精疲力竭，当过去生活的片段散落周围，犹如芝加哥晚冬的雪，被践踏、遗忘，我又想起了她的忠告。继续写吧；写作是你的救赎。我打开“亲爱的大卫 .doc”，读着那时写下的信。我正随波漂流——事情发生太久了，耗尽了我的能量和希望；可是，“完全康复”又离我们很遥远，难以体会随之而来的平静或信心，尚未能抵达那庇护之所。

那时，我发现，我必须写作。我必须靠写作搞清楚发生了什么、如何发生的。我一直都觉得，可以靠写作认清世界，认清焦灼的或难以理解的处境。这是我勾勒现状、厘清现实和理解事态的方式。这就是我当下最需要的：我必须全盘清点——不仅是大卫中风后的时日，也包括让我们走到如今的日日夜夜。我要设法理解当下。我要尝试接受事实：往日已矣，而未来又仿若一团浓重的、骇人的迷雾。

我要靠写作来懂得。我要靠写作来将这破损了的、乱麻般的丝线编织成可参透的现实，而线头便是痛与爱、失去与希望、恐惧与信仰、美好与破碎。我要靠写作来找寻一些秩序、一些表述、一些意义；已然失去了这么多，我的每一天都备受煎熬。于是，我便这么做了。“亲爱的大卫 .doc”成了我的转折点，堆叠的文稿见证着那些时日的流逝，一天紧挨着一天。

今天不是永远，我一遍又一遍对自己说。我又近了一天……

可更近了什么呢？近了某个时刻吧。我希望，那时的生活不再感觉无望。

我们的现状会改变的。就像芝加哥的冬日，终将过去。我必须相信，某个时间，以某种方式，红日将再次喷薄而出，阳光也将重暖人间。

第34章

“妈！”说着，我咬紧牙关、咽下泪水。我必须诚实——对自己、对他人。这是个初冬的清晨，窗外透着微弱的光，整个厨房飘着咖啡的味道。“我……我觉得完全、彻底绝望了。”

承认这一点，于我是个黑暗的想法。回想当初，我还是个英专学生，研究但丁文学；绝望，被视为一种严重的精神过错。绝望，就是一个人背叛了上帝，就是失去了信念，拒绝了希望，摒弃了对仁慈的信仰。而现在的话，就在坦白我的绝望。

母亲一手端着咖啡，看了我一会儿。“艾莉，”终于，她开口了，她的声音在安静的厨房里显得格外有力，“这种处境不是绝望。你的信仰去哪儿了？你一直都笃信上帝。那么，现在是时候依靠他了。依靠上帝。”

寥寥数语，简单、坦白。我惊到了。我母亲说得没错。如果不是为了这一刻，不是为了阻止绝望和疑虑击垮我，我的信仰还有什么用？到底什么是信仰，如果它不能在我最需要的时候，在我看不到任何变好的迹象的时候拯救我？这不就是信仰的要义吗？——相信一些还未见到的东西，相信那似乎希望渺茫或难见到的未来。

当然，一切顺遂的时候，我愿意表明我的信仰，向上帝表达感激——那时我还有个出色的丈夫、不错的工作、即将诞生的孩子、健康的身体，还有亲密的朋友和关爱我的家人。可相信上帝是仁慈的，这并不是信仰，不是吗？那只是我在丰富的、不容置疑的证据面前，表达一种认可。此时此刻，我才需要信仰，因为证据指向的生活现实是艰难、痛苦、可怖的，而非一帆风顺的。此时我需要信仰，因为我不确定上帝是否还在我身边，他是否已抛弃我——或更糟的情况是，他从最开始就不在我身边。

这就像天真和纯粹的差异。天真是环境所致的；天真的状态源于缺乏经验或见识。它是被动而非主动的。而纯粹是一种主动的选择；纯粹的获得需要等候时机并通过检验。坦白讲，过去保持信仰是很容易的。为什么不相信上帝是仁慈的呢？直到那一刻，他一直都非常仁慈。

而此时，正是一场重大的检验。我的信仰能经受考验吗？我想起一句古谚：真金何惧火炼？我的信仰能够经受烈火吗？我能通过这些检验的折磨吗？我能否不但持有信仰，更让信仰扎根心底，变得更强大——我能否此番变得更强大呢？

此刻就是我的机会。我有万千种理由不去相信；我时而生气、伤心、困惑。我不明白中风为何会发生，而我们又要往何处去；我当然也不想感激上帝给我这么多历练。我不想继续这样的生活——我希望这负担从我肩上卸下。我希望一切重回美好、可测，就像过去那般。我希望大卫回来，就像他曾经的样子。我希望回到过去的生活。

终于，我发现，我和上帝之间变得真实了。31 年来，我怀着信仰生活，而今，我需要靠信仰活下去。

是的，我领会了。我明白了。我确实相信上帝依然与我们同在。之所以相信，是因为存在太多理由；有太多光亮照在了身上，刺进哪怕最黑暗之罅隙。自从那个 6 月的晚上，飞机上发生可怕的那一幕以来，我能感受到上帝的旨意——在大大小小的事情上都有体现。它来自大卫的医生、护士、治疗师们坚实的手心，来自大卫躺在病房里那些平静的时刻，来自奥马尔的信仰和友谊，来自我们女儿纯粹、完美的快乐，来自我婆婆温柔而永恒的力量，来自我们朋友和家人们毫不动摇的支持，来自我父母、兄弟姐妹、公公婆婆，甚至陌生人的热烈的爱。尤其当我处于最无法承受的伤痛之中，我才遇见最美好的恩慈与爱意之举，如阳光般轮廓鲜明地照进现实。

几年前，我和凯茜·李·吉福德有过一次耐人寻味的交谈。凯茜是我的朋友，一直支持着我的写作，她的信仰、力量和慷慨令我艳羡不已。那次交谈，从很多方面看都好到极点。临别前，凯茜·李赠我一本有关信仰的每日读本——直至今日，我睡前还在看这本书。几年后，当我在黑暗的寒夜里，担心着大卫能否康复，担心着我们这个家庭的未来，我竟在书上看到一段话，讲述的正是我当下的处境。那晚，我在床上读了好多遍，折起页脚，方便日后经常翻阅："其实，自给自足之感是骄傲和一时成功所虚构的海市蜃楼。健康和财富可以瞬间消失，生活也是如此。所以，失去自给自足的能力也值得庆幸，因为上帝的力量在弱处才得以完美呈现。"

这些话从纸面跳起，直击我的思绪和心灵。这就是了。真相就摆在眼前。

一位亲友质疑我在此期间的信仰，他追问我，如此全心依赖于无形的东西、不可证实的东西，会不会觉得恐慌。"正相反，"我答道，"我认为，更可能让我恐慌的是，人妄图无视信仰地生活下去。”仅仅依靠科学和既成事实度过一生——在我看来，那就像飞跃峡谷之时不系安全带，就像试图舒服地睡在一床石头上。

我们遇上了很多天使，不是吗？在大卫整个康复旅程中，已经出现了数不清的奇迹，而我可以——我将——感谢那些时刻、那群天使，并秉持信念，相信他们会继续为我们现身。

我和其他人的关系也加深了。我的公公婆婆、我父母、兄弟姐妹、朋友们——我不想再佯装光鲜，或展现给世界一副安然无恙的模样；相反，我诚实地对待每一段关系，最终，我加深了和他们的感情，与我爱的人们走得更近。午夜时分，我更紧地拥抱大卫。我珍惜我们的孩子每一个崭新而珍贵的笑颜。

很多个夜晚，看到孩子的笑脸，我立刻转忧为喜。我把莉莉的照片和视频分享给家人。“感谢上帝，将她赐予我们。”我母亲回复：“艾莉，她很特别。她是个奇迹。上帝送她来，是为了让你重新找到快乐。”我公公有天早上对我和大卫说：“我不太相信神灵，可如果哪件事能让我相信上帝，或许就是那个孩子。”

一点儿没错，除了大卫逐渐恢复中的大脑，我们还有一个可人儿正获得点滴启蒙、生长，点亮我们的家，而随之而来的，是她如此美妙的笑容、银铃般的笑声和天真无邪的快乐。

我感谢那些留驻我们身边、持续不断提供支持的朋友和家人。我逼自己相信，大卫还会更好的，我们这个小家能够挺过难关，等到一切结束，我们还能拥有快乐的日子——即便那时的“快乐”或许有了“不同”的含义。

是的，我感觉进退两难，30 岁的年纪，就不得不承受这残忍而陌生的现实。可大卫的大脑并不是一成不变的；这一点，我每天都提醒着自己，如果忘了（很多时候都如此），别人也会提醒我。大卫的脑袋，和其他所有大脑一样，是可塑的、变化着的、进化中的。而康复的过程，虽然很多时候似乎缓慢、不可见，也确实发生着。不光对他的大脑、他的身体，对我们整个家庭，也是如此。

第35章

2015年1月，伊利诺伊州，芝加哥市

那天，我发现自己怀孕了，立马冲进塔吉特，买了一件中性的婴儿连体衣，上面写着“我爱你，爸爸”。那晚，大卫下班回家，我把礼品袋塞到他手里。

“给你个惊喜！”我一边说着，一边竭力掩饰内心的喜悦。

大卫拆开包装，取出那件小巧的衣服和一支显示阳性的验孕棒——没错，测试尿样的那根，不过没关系，他是个医生，不会大惊小怪的。

“真的吗？”他抬头看我，一脸难以置信。

“真的。”我点点头，“我们有个孩子了。”

大卫欣喜若狂，完全出乎意料。后来他说，第一眼看到那件连体衣，刹那间以为是给佩妮穿的。他压根儿没料想，我这么快就知道自己怀孕了。

父亲宣布竞选总统后，第二天，我便飞回芝加哥，去医院做怀孕 20 周检查。那天早上，我们做了 45 分钟经腹超声，全面观测了我们健康的小宝贝，从腿骨长度到 10 个小手指轮廓，一览无余。也正是那次产检，医生确认了孩子的性别，不过我们选择等候惊喜。于是，医生诊室的一位技师让我们家里派个人去取结果。后来，我们拿到了一个盛满糖果的彩陶罐。周末，全家大聚会，大卫和我摔碎彩罐，糖果撒落房间每个角落。粉红色的！我们高兴坏了，我们将有一个女儿！

此处，必须插播一条重要消息：全家兄弟 6 人，大卫是最小的那个。大卫对运动的热爱可不是一点儿。他曾打算生一群男孩儿，都培养成小运动员，这样他就可以教他们棒球、长曲棍球、篮球、足球，还有其他任何运动项目，但凡他们有时间。

可尽管如此——或者确切说，正由于他心里这么打算——我却相信，大卫一定会生下一群女孩儿。我能想象他无比耐心地和女儿们待着，其中一个给他脸上涂口红，另一个给他头上镶满色彩鲜艳的发夹的情景。我婆婆一生培养了那么多男孩儿，我心里知道，她也很希望列维家添个小姑娘（后来她说，摔彩罐那天，她穿了一件蓝衬衫，做好了思想准备，万一再迎来一个男孩子）。

“第一眼见到粉色的糖果，我立刻产生一种想保护她的本能，”大卫告诉我，“我一向对女孩儿知之甚少，家里也没有姐妹。可我有了一个女儿，那感觉很神奇——从此，我要把我的女儿带给这个世界，我有太多东西要学习。我要慢慢教她，而与此同时，我也要学习如何培养她。”

那晚，大卫给我们两岁的侄女安娜贝尔讲睡前故事。他陪着她，一页一页翻开画本，听她念“香蕉”和“黄色”的单词，显得很高兴。我能看出他内心的变化，而安娜贝尔的母亲艾琳也把我拉到一旁说，大卫以后一定是特别棒的父亲。

那几个礼拜留给我的，是无比的兴奋和庆幸。

第36章

2015年6月9日，伊利诺伊州，芝加哥市

再过半小时，我们就得去机场了。

我冲进大卫的书房，催他关电脑，快点收拾行李。“好，很快，就快做完了。”大卫说着，对我“嘘”了一声，依然紧盯电脑屏幕。他有几篇整形外科论文，快截稿了，很想在出门度假前全部搞定。

终于，大卫在最后一封邮件上方点了“发送”，从书桌前站起身。“我想迅速跑一圈回来，然后就打包。”大卫说。他看我瞬间耷拉了脑袋。我是那种提前几天就收拾好行李、航班起飞前

3 小时就现身机场的人。而大卫的策略在我看来属于冒险者游戏，最后一刻才会疯了似的冲到机场，舱门关闭前一秒才会登机。

“我开玩笑的啦！”他露出一脸戏谑的笑容，“我就想逗你一下。我现在打包，马上出发。”

我无数次想，假如当时大卫出门跑了一圈，该多好！那样，就能刺激他体内血液循环、锻炼肌肉组织，久坐一天，或许就不要紧了。又或者，那凝块就不会产生？或许，我们就能与中风擦肩而过？生活也不会遭此颠覆？我们整个人生发展方向都截然不同？假如大卫去跑步了——或许我们就不用追降法戈，不用遭遇急诊室里那个恐怖的夜晚，还有痛彻心扉的每个月、每个礼拜、每个日日夜夜……或许，一切都不会发生。

我不确定。

我也永远不能知道了。

可我会一直这么想。

“假如一切能重来”……这简直是英文里最悲伤的句子。

可大卫那天没有跑步。凝块产生了，原因不明，或许早已有之，或许是在出租车或飞机上发生的。登机时的大卫和艾莉，在历经追降法戈、度日如年后，已经一去不返。

大卫中风了。他还如此年轻、健康。我们刚迎来第一个孩子，内心还那么欢喜。

这场中风很严重，差点让我失去了大卫。性命终于保住了，可我们的生活永不再相同。这一切，我们无能为力，现实刺目得犹如白昼。

在机场安检时，大卫讲了个好消息。“我被《美国整形外科杂志》挑中了！加入住院医师咨询委员会！”

我看着他，顿了顿，鼓起掌来：“真的？”

他点头，千真万确。他显然也很满意，这个委员会的竞争太激烈了。住院医师不是申请的，只能被挑选。所以，这委任便多了荣誉的意味。

这对大卫很重要。3 年住院医师培训期，他很疑惑自己身为医生的能力。外界苛求全都不如大卫·列维强加给自己的压力；无论住院医师培训还是医学院学习阶段，他总在鞭策自己。在他眼里，要么完美，要么就不合格；做不了最好的，就等于最差的。大卫也不会虚张声势、佯装自信；有句话叫“佯装成功，直至成功”，在大卫身上毫不管用。这既是他的宝贵品质，也是致命弱点。为此，大卫拼命工作，力求卓越。坦白说，对大卫或身为妻子的我而言，这一路体验称不上愉悦，尤其在他信心受挫、贬低自我的时候。

所以，如今这则消息不啻一番赫然、隆重的赞许。大卫是需要外界认可的那类人（我也一样，或许很大程度上，正因此我们才相互理解），而这来自上级与同行的肯定，在他心底激起一股深切的满足，仿佛一枚渴望多年的勋章，一朝得偿。有了这份认可，他所有的执着和付出都值了。干得漂亮！

过安检时，我看着他，说："所以我们再也不用质疑了。你确实是个好医生，不是吗？"

他心领神会地笑着，点点头："对，没错。"

多年自我怀疑之后，终于，大卫获得了满意的结果。在医院里，他数夜辗转难眠，永远只把自己和家人放在最后，优先满足其他人的需要。每逢周末、节假日、生日、纪念日，他都得工作。多年来，他牺牲了太多，拿着微薄的薪水，历经漫漫求学路，不断被考核。大卫终于找到属于自己的轨道了，终于重现往昔的辉煌了！一切都变得有所值，而我们也依然亲密无间。

我俩通过安检，来到了登机口。吃过晚餐，准备登机了。而当时我们一无所知，这曾经熟悉的生活很快将支离破碎，从他瞳孔不对称散大开始。

一开始，当我给大家讲机场过安检时的对话时——中风前我们最后几句话——总带有一种悲剧式口吻。大卫终于对职业发展满意了；他大量有意思的研究，总算获得同行认可；他终于熬成了住院医师队伍里的资深成员。我知道他心底高兴得很，可以开始指导初级住院医师，而且感觉终于熟稔外科手术了。而我也无比乐意，即将获得他的陪伴，哪怕几个周末、夜晚或节假日。我们终于有机会像普通夫妻那样了，这一切期待了太久。他也将有空看看我们的女儿，心里一定同样欢喜。大卫走出阴暗的角落，我们一家也柳暗花明了。

大卫爸妈说："你被剥夺的，是一段黄金时期。孕期本该是快乐的，本该是你最幸福的时光。"

这事确实有点讽刺意味。一切刚要好转，结果背道而驰。我真心觉得，大卫住院医师培训期的最后时光被偷走了，而我们也丢失了新晋父母最快乐的日子。

而此刻，中风发生后，几个月过去了。我换了个角度看待一切。

我们坐在自家公寓。隆冬时节，今天却出奇的暖。大卫一早醒了，码着一篇整形外科论文。下周，他将独自飞往佛罗里达参加会议，就三个不同研究课题发表观点。然后，他继续独自飞来纽约，与我和莉莉会合，参加我的新书《茜茜：独立的皇后》发布，共度两周。大卫将陪我参加各种发布活动、媒体见面会；在我专注于新书巡回推介时，他将帮我照看莉莉。而仅仅几个月前，当人们对我说或许这一切都有可能时，我还一笑置之，不以为意。

今天，我们约几个好友早午餐。而后，我们带着莉莉和佩妮沿密歇根湖散步。这是个理想的周末，一切寻常至斯，就像我们曾经的生活。要说不同，可能就一点。以前，我不会像现在这样，每隔几分钟就心想：我真的感恩，我们一起做着这件事，我真的感恩。

散步后，回到家中，大卫哼起比吉斯的一首曲子。我掏出手机，搜索到这首，我们便随着旋律扭起来。“嘿，大卫！”我跟着音乐打节拍，莉莉一脸开心地看着我们，“你猜，哼的这歌叫什么名字？”

“叫什么？”大卫一边问，一边随着乐曲扭臀。

“《活下去》！哈哈哈，‘活下去！活下去！’”我指向他，“怪不得你记得这首歌！你在想，要活下去！”

这一刻，我们并肩坐着。莉莉在隔壁房间午睡。佩妮把脑袋枕在大卫腿上，打着呼噜。大卫又记起我们的爱犬了——天哪，终于能记得了。我又成了第三者，眼巴巴看他们依偎在一起；可是，没什么比这更让我开心。

我读着书，大卫读着信——他的“粉丝会”来信。这沓信，他以前也看过的——那是 7 月份，我们从芝加哥康复中心回家，可他一点儿也记不得了。现在，他再次读信，一会儿开怀大笑，一会儿低声叹息，仿佛头一回读这些文字。亲眼见到那么多人对他的关爱与欣赏，沉浸在众多亲人的惦念之中——这就好比瞥见了自己的葬礼，爱他的人们以他之名写下这许多赞美，而唯有现在，他才能将这些文字镌刻进现实，生活仍将继续。

大卫读信的时候，我手上忙着历史小说，心思却在那些信上。思绪一层笼着一层，打着转儿。“窗外有只小鸟唧啾不停——没错，一只鸟儿在芝加哥的隆冬里唱着歌。”打下这行字的时候，我自己都搞不清在表达什么。

手机上收到一条消息。玛格丽特问我，今天如何，我和大卫如何。几个月来，我一遍遍回答这个问题；而今天，我的答案第一次与以往不同。她询问了天气，说弗吉尼亚很暖和，让她感觉春天来了。我回她：“今天的芝加哥也很亮堂，不仅是天气，很多事情都变得明朗。”

玛格丽特回复，听我这么讲，她很高兴。而能这么讲，我也心存感激。

回想最坏的日子里，就是大卫刚刚中风的时候，我们不知大卫能否生还，玛格丽特联系了很多朋友，希望他们为我们祈祷、给我们鼓励。那些信在我看来都是宝藏，让我抑制不住地流泪：那是充满爱与感恩的泪水。其中一封，我印象很深，是玛格丽特一位朋友写来的——这位年轻的女士本来并没有特别的信仰，面对恳求，却花时间认真思考并写下一段美好的祷词：

此刻我仿佛看见一幅画。我看见大卫睁开眼睛、露出笑容。他笑着，因为他的家人都环绕在身边。我看见无数双手伸向彼此，握住彼此，将彼此带向康复的路。我看见大卫——他的怀里抱着小列维和艾莉。他们在阳光下依偎着，四周是碧色的草地、湛蓝的天空。他们周身散发的爱的光芒，环绕着他们，在他们身边流淌。

第一次读到这段话，我清晰地记得，自己被这些朴素、美好、充满力量的文字震慑了。我对那个画面满怀向往：大卫恢复了力气，能够抱起我们的孩子，一家人开开心心的，坐在洒满阳光的草地上。我太爱这画面，可脑海里更确切的声音却是：我希望——哦，我多么希望——可我实在无法想象，大卫怎么可能抱起他的孩子，更别说坐在铺满阳光的草地上。

所以，现在但凡我抱怨大卫恢复缓慢，因无法回到过去而自怨自艾，我只需看这祷告，回想我们曾经面对的严酷现实。我甚至曾以为，大卫再也不可能和我们同坐在阳光底下，呼吸新鲜的空气。可如今，他做到了。他恢复了生活的力量，而且远不止如此。我知道，他是怎样一路走来，我们是怎样一路走来、不离不弃。

愿我们永远铭记于心。

现在我又敢看那张照片了——那张我们拿着四叶草的照片，没有想一把撕掉或扔出门的冲动了。照片中的两个年轻人绽放着笑容，把生命交予彼此，畅想着未来向他们靠近，那里应该满是冒险、艰辛、爱与快乐；那些笑容又能让我嘴角上扬了。当然，此刻的笑容或许伴着湿润的眼眶，可是，我毕竟又会笑了。

春天回来了。灰蒙蒙的冬日过后，阳光的姿态也不一样了——窗外鸟儿嗓音婉转，预示着更多好消息的到来。虽然头顶的天空还是黯淡、不透一丝光亮，可铅一般重的云层还是渐渐消解了。空气开始变得柔软、温和。每天，我都对自己说，春天不远了。一天天地，日子过得悄无声息。几个礼拜过去了。冬天渐渐走远，春天即将到来，虽然我早已记不起她的绚烂，记不起窗外光秃秃的枝头上鸟儿们的歌声。我遗忘了。可再次听见的时候，一切仿若昨日。

还有几天，就是新书发布的日子了。我跃跃欲试，时而紧张忧虑，时而热切期盼。还记得几年前新书发布的情景，只是这回必定不同，我也很坦然。不同也罢，依然会很好。我第一次如此感恩我热爱的工作，如此感恩同事和读者们的支持，还有那源源而来的力量。我永不会忘记他们曾守在我身边。他们不是以同事或读者的身份出现，而是作为朋友，是真正在乎我们的、富有同情心的善良的人们。亲人们也络绎不绝，在最关键的时刻给我以支持。虽然感觉害怕、孤独，可我并不是一个人。从来不是。

愿我们永远铭记于心。

坐在大卫身侧，我想着回忆是怎么一回事。回忆是与过往息息相关的，这毫无疑问；可我发现，回忆也与现在相关。我们能够，也必须记住这个词的主动语态和现在时态。离开家时，我们应该一直记着说那句“我爱你”。回到家也是一样。

家里挂着好多照片——有关过去的明亮而欢乐的回忆。那些片段，于我们，仿佛是另一个世界。6 月 9 日前的世界，中风前的世界。可是，我们还会创造新的回忆。我们还会用新的回忆来装点新的相框——未来的那些时刻，也一定充满爱、欢乐与生活的意义。我们将满怀感激地看待一切，带着一种深深的敬畏；因为，我们内心知道，为了走进这样的生活，付出了怎样的艰辛。还有，我们差点就要完全失去这样的生活。

愿我们永远记得，心存感激地开始每一天，不管日子看似多艰难。我们要陪伴在所爱之人的身边。在他们伤心的时候，耐心倾听，让他们放心地哭泣。在他们需要的时候，为他们做晚餐。做上帝派给这个世界的天使，正如一路伤痛走来的我们，同样感受到了天使的存在。

愿我们永远记得，不要吝啬给予孩子的亲吻。感谢上帝，让她来到这个世界，让她健康，让她属于我们——同样需要感谢的，是我们都能留在她身边，爱她、了解她。

愿我们永远记得，虽然我长期以来描绘了很多女性和她们的爱情故事，可我们无时无刻不在撰写着的，是我们自己的故事——脆弱、不完美、弥足珍贵的故事——这是最重要的一个。每一天，我们都应该用爱、快乐、感恩和信仰来描绘它。

愿我们永远记得，当你善待他人，思考如何照顾病患的时候，你的生命同时也被拯救了。你有力量塑造这个世界，让它变得更美好。

亲爱的大卫，愿我们永远记得，自己有多幸运。

中风后初次醒来，你是那么陌生。你不记得我们曾经生活过的一切；你不记得一直以来是如何与我交谈的；你不记得我们曾一起畅想的未来。可时间找回了一切。我们之间的种种，再次变得熟悉、亲昵。当然，某些方面，又是全新的、不一样的，仿佛我们需要重新开始，再相爱一次。我们做到了。我们今天的婚姻和一年前不同了，可每段婚姻不都如此吗？婚姻本来不就是动态的吗？两个人需要不断成长、学习和进步——而敬畏、珍惜和培养双方的爱，这不就是一切的关键吗？即便这个过程意味着大脑重新发育和心脏穿孔修复。

亲爱的大卫，愿我们永远记得，拥有彼此，多么幸运。

这份幸运，不是因为生活简单安稳、一帆风顺，或它能遵循常理、可以被我们掌控自如。相反，生活是艰难跋涉，可能让人害怕，或完全失控。只是，现在已领教过了。我们心领神会。我们曾与死神对视——我们直面残酷的现实，生活是脆弱的、无常的；没有谁，即便世界一流的神经外科医生，也无法预料明天，甚至一小时后会怎样。

找到四叶草之前，我们曾在山巅许下承诺。如今，我们有机会兑现了。那天，我收起四叶草，对你说，我们很幸运。幸而，我们没有辜负当初的誓言。

这辈子，我们很幸运。

而最好的是，现在，我们将携手相伴一生。

2016 年 6 月 9 日

亲爱的大卫：

去年的今天，你得了中风。凶猛、恐怖、概率极低的中风。我们完全猝不及防，生活的轨迹彻底改变。

你住在 ICU，得了失忆症，我便决定给你写信。而很多爱你的人也写来成百上千封信件、邮件，还送来无数的祷告。

这将是“亲爱的大卫 .doc”最后一封信。

今天以后，我们将继续出发，开启新的人生篇章。

一年来，我都用“2015 年 6 月 9 日”来界定时间。我脑中的一切便归结为“6 月 9 日前”和“6 月 9 日后”。过去一年，每天醒来，我都要看一眼日历。首先，看看今天有什么任务。然后，回看去年的这一天，中风之前，同一日期，我们在做什么，以享受片刻的逃避，获得丝毫的安慰。我回想曾经的我们，无忧无虑，享受着繁忙而充实的每一天，还有那初为父母的愉悦。我回想着在这场飞行之前、在那个秋天之前、在一切改变之前，我们本来的模样。

一年前的今天，6 月 9 日，是我们一生中最不愿面对的日子。

今天，我们将一起庆祝你的“幸存日”。晚上，我们会带你爸妈——我在法戈机场救护车上最先打电话的人——和家里其他人外出晚餐。我们将一起庆祝，因为你活下来了。你母亲昨天打来电话，对我说，她给你买了个气球，上面写着“欢迎回归”！我们觉得挺合适。

这周末，我们将带着莉莉和朋友们聚会，我们将为你的生命举杯庆祝，为你的亲人们，也为去年的今天，以及过去一年来每天支持着我们的所有人。

筹备这场小型聚会的同时，我给朋友们发了一封内容如下的邮件，标题是“大卫活下来了！”

嗨，朋友们！

6月9日于我们而言算是个纪念日，尽管完全称不上愉快。除了与我们真心在意的人们相聚，已想不到更好的方式来纪念这一天。

请来参加我们的天台聚会，为我们最棒的中风幸存者、康复中心的摇滚明星举杯庆祝——生活很美好，过去一年非比寻常。

爱你们的，

艾莉、大卫和莉莉

芝加哥又迎来了6月。又到了一年中最好的时节，阳光也回归了。我可以用一整天的时间静静思考，表达感激。我们有太多需要感谢的了。

上周，我们在《纽约时报》上发表了篇文章，简述我们的遭遇。没想到，这篇文章引起巨大反响，我们获得了成千上万的点击量和无数颇有见地、令人动容的留言。其中一封邮件尤其触动我。是一位年轻的耶鲁学生写来的，她父亲几年前得了中风。文中说：我很高兴，父亲从那场中风中活下来了。虽然现在的他和以往有许多不同，他、我的兄弟姐妹、我母亲只是加倍地悉心照料他，我们彼此之间的爱只有更深。每天，从他的步伐和言语中，我们都能感受到他在恢复，他经常笑，和家人在一起时他尤其开心。

现在的他和以往有许多不同。

我们加倍地悉心照料他，我们之间的爱变得更深。

每天都在恢复。

他经常笑。

就是这样，不是吗？

大卫，我们曾经熟悉的生活，中风前的生活——再也没有了。那时的我们、那时的彼此、那时我们可能走上的路，再也没有了。

现在的一切都是新的、不同的，或许少了些简单和纯粹。可是，尽管如今的世界、家人，乃至相识的人们都不同了，生活依然可以很美好。我们还是可以心存希望，正如上面这位年轻女士所描绘的，不仅美妙，还充满爱。

著名神经学家、大屠杀幸存者维克多·弗兰克尔说："身处苦难之中，若能索出一分意义来，那苦难便不再让你痛苦。"我经常思考这句话。我们想要这一切发生吗？不。随这场中风而来的一切，以及即将来临的一切，我都已经想明白了吗？未必吧。我是否好像体会了这一切的意义？是的。每一天都是。而且我知道，未来每一天都如此。

打下这些文字的时候，我听到你在隔壁房间陪我们的女儿玩耍。最近，你母亲对我坦言，那个午夜飞去法戈的路上，你父亲极为严肃地对她和安迪说，你可能会死去，他们此番很可能是见你最后一面，和你道别。而如果你万幸没死，我们面对的很可能只是一个完全无助的、需要每天 24 小时看护的躯体。

可我此刻能听到你的声音，听到你和莉莉玩耍，听到你让她笑了。我心里说：感谢你，上帝。感谢你赐予我这一刻。感谢你让大卫与莉莉相见。

这绝非一件小事。

我们终究没去夏威夷。我们终究没完成"好孕蜜月"之旅。

我们偏离了航线，走上了一条从未敢料想，更不可能选择的道路。可它就这么发生了。这一年过得跌宕起伏，时而登上绚烂的山巅，时而跌落恐怖的深谷。

脑损伤对病人和家属而言是残酷的，因为我们看不见大脑的伤口。我们不能像骨折了一样给它打上石膏，也无法看到伤疤的逐渐好转、愈合，甚至最后不见踪影。相信大脑正在康复，这太需要信仰了；需要一个人投入时间、耐心和信任——以及并无依据的希望，希望在我们看不到的地方，奇迹正在发生。为此，我们必须保持坚定的信仰，虽然并不能亲眼所见——你的大脑正进行着不可思议的再生过程，百万个体型微小却力量强大的细胞正活跃着、集聚着，共同创造着大大小小的奇迹，不管是否肉眼可见。

整整一年，我们听到太多人谈论全面康复这件事。每个人都希望并相信你可以全面康复。我也思忖良久。可我好奇，“全面康复”意味着什么？或者到底是什么样？

全面康复。依我看，重点在前头“全面”二字。这才是我们需要聚焦的。我认为，全面康复指的是你能够再次获得完整的人生。这代表什么呢——“完整的人生”？每个人都有不同的答案吧。可有一点我能确认：并不意味着完美的人生。因为这不可能，不管有没有中风，也无法实现。同样，也不意味着安逸的人生，或可预料的人生。我们都心知肚明，这是不可能的。每段人生都要经受长久磨砺；坏消息总是突如其来、颤动心弦。这命运，我们无法躲避。事实上，无人可免。

尽管如此,人生中还是会有诸多美妙来临。生命曾那么美好。当我认真思考这个问题，我发现，过去的生活真可以说波澜壮阔。我在哥斯达黎加的雨林里练瑜伽，在耶鲁大学哥特式教学楼里研究莎士比亚；我从瑞士阿尔卑斯山巅眺望世界，在大堡礁畅游遥看晴空；我在芝加哥为无家可归的人送去食物，与两位在任总统共进晚餐；开心的时候笑到喘不过气来，心碎的时候感觉整个脑袋都要炸开了。怀抱着我的孩子，我潸然落泪；怀抱着生病的丈夫，我却哭不出来——因为我太害怕，一旦允许自己哭泣，不知道会怎样。

虽此种种，对我而言，一生中最好的旅程，毫无疑问，还是我们现在的生活。每一天都是，大卫。最好的故事，永远是我们每天一起醒来，迎接崭新的一天。"每一天，选择有你的相伴，选择有你的生活。"这是多年前我哥哥泰迪和艾姆莱德婚礼上，牧师对大家说的，虽然当时还不能完全领会。现在，我想我懂了。没有哪桩姻缘是一帆风顺的，没有哪份爱是波澜不惊的。信仰，当然更是难能可贵。悲剧随时发生，猝不及防、千奇百态。生活露出狰狞的面容，步履维艰。我们呐喊，我们哭泣，我们躺倒在地，紧握拳头痛诉，再也熬不下去了。

而恰在此时，我们获得了最好的转机，可以做出最佳的选择。

今天，我们选择大步向前，希冀全面康复。一个完满的人生，无可避免地伴随着各种挑战；而与此同时，也意味着一生充满着爱、被亲人环绕，对美好与破碎都心怀感恩，对我们被赐予的每一天都坚守信仰、深深敬畏，认清我们的福祉，对挣扎中的人们真诚同情。这些，都是我们的选择。

这场中风突如其来，它带来伤痛，永久地改变了我们眼前的路。可是今天，包括以后的每一天，我们都要记住回头看，来时的路已走了这么远。已然万水千山至此，我们报以感激，给予理解。而前头的路，更应心存感恩，满怀希望。人生路上，我们依旧并肩而立、心手相连，并选择朝向远方的漫漫长路，迈开脚步。

后　记

距离我中风，一年过去了。脑中最先想到的，是感恩。感激一切，让我活着，陪伴我的妻子和女儿。濒临死亡，当然是恐怖的体验，可有一点我能确信，那便是，此番经历让我与家人更亲密。我的世界已经改变，可改变的结果是，我从一个全新的角度看待生活。当然，你可能会说，这是陈词滥调，可它定义了我的存在。我的整个生命都基于这第二次机会——另一种视角、另一种尝试，这样，生活才能重新快乐，有意义起来。

中风过去一年多了。如今，唯一真正的缺陷——至少从我的视角看，虽然我妻子可能会觉得我“忘记”把洗完的衣物叠好是个缺陷——在于我的短时记忆能力恢复很慢，但我确定在恢复。可这感觉还是很奇怪，至少从某些方面看，我就像换了个人。我曾经具有精准的记忆能力，就像照相机般过目不忘。我并不是说回不去了，因为我当然希望能恢复，可是，我现在必须学会换种方式思考，做出调整，这些都是我未曾预料的必修课。

很多人得过中风。读医学院时，我记得，这是第三大致死病因。可在我这个年纪患上中风的，并不多见。过去一年在康复中心，接触的人群中只有一个人与我年纪比较接近，而他是事故外伤所致。虽说如此，年轻人得中风正变得愈加普遍，这一趋势很让人担忧。

记得读医学院时，觉得 Percheron 动脉非常罕见。而了解解剖变异时，我还是个学生，后来在医学院和住院医师培训时都见过不少病例。可我从未想过，自己某天会成为这个小概率的分子。然而，事实逃脱不过。其实，我们每个人体内，都或多或少有着某种解剖变异。你可能也有。心内分流，肝管、脑动脉变异，等等。但是，危及生命的变异极少发生，这些早就在进化过程中排除了，不是吗？世代流转，人类朝着更好的方向逐步进化。可另一些变异也随之而来。

实际上，得了这种中风之后，我很可能已经不在世上了。

这想法有点吓人，可说真的，其实没什么特别的；假如一个人昨天遭遇车祸，现在也可能不在了。于是，此番遭遇最发人深省的是——尽管经历了这一切，可我与旁人并无太大不同。

2015 年父亲节，于我而言是独一无二的。刚得中风的那段时间，很多印象都是模糊的；可我记得当时怀着 6 个月身孕的妻子拿给我一件 T 恤，上面写着“年度父亲”，并配了电影《海底总动员》中一个刻画父亲的画面。我经常穿这件 T 恤，也喜欢炫耀给女儿看。经过了这一遭，身为父亲让我颇为感慨。莉莉是我所能想到最可爱的孩子——这个甜美的小女孩儿内心充满快乐与爱。随着她渐渐长大，到了与陌生人保持距离的年龄了。或许她不会对所有人都表现友好或敞开心扉。可是，我和艾莉是例外的，这让我颇为欣慰。

或许，这便是莉莉所带来的最重要的礼物——为人父母让我们感觉人生是完整的，爱与被爱的，幸福的。当然，这听着很肤浅，甚至有些自我中心，可恰恰是孩子们赐予的。为此，我们得以回望自身、为自己感到骄傲、为我们努力成为的父母感到骄傲。这是生活最本真的意义——以爱之名，活成我们最好的样子。而正因莉莉，我那么轻易（并幸福）地找到了这个意义。与她相处的每一秒，我都更加爱她。

除了父亲节在 6 月份以外，我们父亲的生日也都在 6 月——

我患中风的那个月。一想到他们不仅要面对我可能死亡的事实，还要在过生日的时候承受这些，我便心痛不已。他们无法安心回忆以前走过的岁月，反而不得不为我的安危担忧。他们俩，一个得想着家里可能失去一个儿子，另一个得想着女儿才30岁就要成为寡妇。可两位父亲都如此地支持我们，表现出深沉的爱和顽强的意志。他们大半生都为他人而活，为子女而活。我父亲去年说："我唯一需要的生日礼物，就是大卫明年能和我一起过生日。"真好！今年还没给您准备生日礼物呢，父亲。

去年，我活过来了。现在，我正努力全面恢复。想想去年6月时我的模样，这真是个振奋人心的消息。可是，说真的，我确实觉得人脑有着神奇的力量。几个月前的某一刻，我真实感觉到大脑的愈合。当时我在看报纸，突然，我觉得自己只能一个词、一个词地看。我知道每个词的意思，可连成句子，我突然看不懂了。那感受从未有过，让我非常恐慌。我会一直这样吗？我会丧失阅读能力吗？我忧心忡忡，后来陷入沉睡；等再醒来的时候，看这些词的感受便不一样了。回忆起来，那应该定性为愈合的时刻——我的大脑在发生变化，努力适应所遭受的损伤。现在，我只希望这过程能反复发生。

从法戈桑福德医疗中心，到拉什大学医学中心各科室，到芝加哥康复中心，那么多医生、护士、医疗助理、治疗师，倾注了他们的专业技能、耐心、能量和同理心，只为挽救我的生命，帮我重建生活。我要怎样才能完全表达对这些一流专家和优秀医护人员的感激？恐怕不能。他们也永远无法知道，在我心底，对他们为我、为我家人所做的一切，抱有怎样深深的感激。而我能做的，是为了我的病人们，每一天都尽全力工作。

经历这一切的时候，朋友们给了我太多支持。从纽约到加利福尼亚，很多人都专程来看我。想到生命中有这些人存在，我感到很幸福。假如衡量真正朋友的标准是你需要他们的时候，他们是否会出现，那么艾莉和我实属幸运，有那么多真诚的朋友。每当他们来时，我都担心会让他们感到不自在，或觉得尴尬，可他们都以各自的方式，表达了爱与鼓励。这让我觉得自己没有变。我和他们开一些圈内的玩笑，我还能记得那些笑话并讲出来，真是太好了。我是幸运的，完全无法想象，世界没有了他们会怎样。

我的家人们承受了最多苦难。他们差点失去了一个亲人，而且还如此年轻。他们不得不全程照顾我，虽然还是我，可很多方面看，是一个重新成长的我，从婴儿期向成人期慢慢演变的我。可他们完美地帮我渡过了这个阶段，他们清楚地知道，何时该推我一把，何时该给予我爱。我们都爱自己的家人，可或许只有当家人身处绝境，我们才意识到这份爱有多重；家人到底意味着什么，这个时候才开始有答案。而我们记住的，是家里每位成员的不可思议。经历如此变故，你对家人会有更清晰的了解。面对我的每位兄弟、我的父亲、我的母亲，我只能说，我深深地爱你们、感激你们。

最后，我必须感谢生命中最重要的馈赠——艾莉。每一次重要的转变，她都与我共同渡过。我已无法要求上苍赐予我更完美的伴侣，她绝对是任何人都期望的完美妻子。在艾莉帮我整理的《大卫粉丝会书信集》中，我哥哥安迪写道：

有段时间，我写了不少文字——关于这段时期我的心情和体悟；看你不再是原来的样子，我有多难过；我多么爱你（我真的、真的爱你）；以及，艾莉有多棒——可现在一切都不重要了，除了艾莉，她是真的了不起。

今年春天，艾莉出版了第三本小说。虽然她的书，我每本都喜欢。可我相信，这本《茜茜：独立的皇后》将是她至今最好的作品。我很感恩，新书发布会上，我可以陪伴她左右，和莉莉一起为她欢呼。那次，她应邀录制《今日秀》，和凯瑟·李·基弗德、欧塔·卡比一道聊她的作品。莉莉和我也出境了，作为她粉丝团的成员。事实上，艾莉精神很紧张，宝贝的到来，还有生活中所有压力,她都得一一应对。可她看上去依然那么自如,就像应对生活中所有挑战那样。虽然职业作家百般辛苦,艾莉却总能把家庭和亲人们摆在首位。每一天,她都尽心尽力,努力成为最好的妻子、最好的母亲。每一天,她的理解——无论对我,还是对我的身体状况——都让我觉得难以置信。从头至尾,她如此有耐心、有信心、她总是对我充满了关爱和专注。过去一年,她独自负担了我们的整个生活,而现在,轮到我来支持她了。

我最大的快乐便是艾莉和我建立的小家庭,以及在家中,我们给予彼此的爱,给予我们女儿的爱,以及我们“第一个孩子”——小狗佩妮的爱。在我眼中,他们是“我家三宝”。艾莉最近问我:“如果今天你死了,你觉得自己是幸福的人吗?”这听上去挺诡异,可经历过这一切,对我们来说不算奇谈怪论。我回答:“是啊,因为我有三宝啊。”我全心全意地爱着她们。

每天醒来,我都感恩上帝,赐予我这样美好的生活。他将这些不同凡响的女性带入我的生活。真不知道,假如没有我的家人,我是否还能康复;有一点是肯定的,我不可能像现在这样坚强。对于艾莉,我最爱的昵称一直是“天使”。假如有人问我,我最好的状态是怎样的,我一定会指向家里不远处,围绕着我的天使们。

今年6月，就在我有幸存活下来的一周年前后，我们去了艾莉父母家，位于东边的尚普兰湖。那对于艾莉一家是个特别的地方，对我们也有特殊意义，因为我正是在那里向艾莉求婚的。这次，我们带着女儿一起回去。一天傍晚，日落之前，艾莉和我带着莉莉去了我们订婚的山顶。也是这样的傍晚，夜空也是如此澄澈，我们在尚普兰湖的一片湛蓝和佛蒙特山的茫茫葱绿中,许下了一生的誓言。我们带莉莉来到这个地方,思考着，曾经的誓言意味着什么。从山顶走下来，又心想，这誓言今后将我们带向哪里。知道我们那次收获了什么吗？订婚以后再未见过的，另一片四叶草。我们决定，这片是属于莉莉的。艾莉将它压平，附在我们那张四叶草照片上；下面就是那行字，“愿我们永远记得，拥有彼此，多么幸运”。

人生路上，该怎样走下去？我将何去何从？我发现每天都要问自己这样的问题。可幸运的是，这些问题，难道不是所有人都在思考的吗？所以，我与其他人并无本质的不同。为此，我此刻，以及今后每一天，都将心怀感恩。

——大卫·列维医生

身处苦难，

若能索出一份意义来，

那苦难便不再让你感到痛苦。

图书在版编目（CIP）数据

另一片四叶草：一部关于爱、信念和抗逆力的回忆录 / (美) 艾莉森·帕塔基 (Allison Pataki) 著；陆妍译. -- 重庆：西南大学出版社, 2022.5
ISBN 978-7-5697-1449-4

Ⅰ. ①另… Ⅱ. ①艾… ②陆… Ⅲ. ①回忆录－美国－现代 Ⅳ. ①I712.55

中国版本图书馆CIP数据核字(2022)第077349号

This translation published by arrangement with Random House, a division of Penguin Random House LLC

另一片四叶草：一部关于爱、信念和抗逆力的回忆录

LINGYIPIAN SIYECAO: YIBU GUANYU AI、XINNIAN HE KANGNILI DE HUIYILU

[美]艾莉森·帕塔基（Allison Pataki）著　陆 妍 译

出版策划：闫青华　何雨婷
责任编辑：李晓瑞
责任校对：何雨婷
特约编辑：张　戈
装帧设计：万墨轩图书·夏玮玮
出版发行：西南大学出版社（原西南师范大学出版社）
重庆市北碚区天生路2号　邮编：400715
市场营销部电话：023-68868624
印　　刷：重庆市正前方彩色印刷有限公司
成品幅面尺寸：148mm×210mm
印　　张：10　字　数：196千字
版　　次：2022年5月 第1版
印　　次：2022年5月 第1次印刷
著作权合同登记号：版贸核渝字（2022）第111号
书　　号：ISBN 978-7-5697-1449-4

定　　价：65.00元

读者 Readers 回函表

WIPUB BOOKS

姓名:________ 性别:_____ 年龄:_____ 职业:________ 教育程度:_____

邮寄地址:______________________________ 邮编:__________

E-mail:________________________ 电话:____________________

您所购买的图书名称:《另一片四叶草:一部关于爱、信念和抗逆力的回忆录》

您对本书的评价:

书名:□满意 □一般 □不满意 ┆ 故事情节:□满意 □一般 □不满意
翻译:□满意 □一般 □不满意 ┆ 装帧设计:□满意 □一般 □不满意
纸张:□满意 □一般 □不满意 ┆ 印刷质量:□满意 □一般 □不满意
价格:□便宜 □正好 □贵了 ┆ 整体感觉:□满意 □一般 □不满意

您的阅读渠道(多选):

□书店 □网上书店 □图书馆借阅 □超市/便利店 □朋友借阅 □找电子版
□其他 ________

您是如何得知一本新书的呢(多选):

□别人介绍 □逛书店偶然看到 □网络信息 □杂志与报纸 □新闻
□广播节目 □电视节目 □其他

购买新书时您会注意以下哪些地方(多选):

□封面设计 □书名 □出版社 □封面、封底文字 □腰封文字 □前言、后记
□名家推荐 □目录

您喜欢的图书类型(多选):

□文学-奇幻小说 □文学-侦探/推理小说 □文学-情感小说 □文学-散文随笔
□文学-历史小说 □文学-青春励志小说 □文学-传记
□经管 □艺术 □旅游 □历史 □军事 □教育/心理 □成功/励志
□生活 □科技 □其他 ________

请列出3本您最近想买的书:__________、__________、__________

请您提出宝贵建议:______________________________

____

★感谢您购买本书,请将本表填好后,扫描或拍照后发电子邮件至wipub_sh@126.com,您的意见对我们很珍贵。祝您阅读愉快!

编辑 Editor 邀请函

WIPUB BOOKS

亲爱的读者朋友：

也许您热爱阅读，拥有极强的文字编辑或写作能力，并以此为乐；

也许您是一位平面设计师，希望有机会设计出装帧精美、赏心悦目的图书封面。

那么，请赶快联系我们吧！我们热忱地邀请您加入“编书匠”的队伍中来，与我们建立长期的合作关系，或许您可以利用您的闲暇时间，成为一名兼职图书编辑或兼职封面设计师，成为拥有多重职业的斜杠青年，享受不同的生活趣味。

期待您的来信，并请发送简历至 wipub_sh@126.com，别忘记随信附上您的得意之作哦！

译者 Translator 邀请函

WIPUB BOOKS

为进一步提高我们引进版图书的译文质量，也为翻译爱好者搭建一个展示自己的舞台，现面向全国诚征外文书籍的翻译者。如果您对此感兴趣，也具备翻译外文书籍的能力，就请赶快联系我们吧！

您是否有过图书翻译的经验：

□有（译作举例：____________________________）　□没有

您擅长的语种：

□英语　□法语　□日语　□德语

您希望翻译的书籍类型：

□文学　□心理　□哲学　□历史　□经济　□育儿

请将上述问题填写好，扫描或拍照后发至 wipub_sh@126.com，同时请将您的应征简历添加至附件，简历中请着重说明您的外语水平。